上海市房地产经纪行业协会
房地产时报社

文匯出版社

目 录

序 ……………………………………………………… 001

无为而治　中原逐鹿 ………………………………… 001

在调控中把握机遇求发展 …………………………… 006

顺势而为　破浪而行 ………………………………… 011

用爱铸家赢天下 ……………………………………… 016

"稳定发展一定要两条腿走路" ……………………… 021

认真做事　用情管理 ………………………………… 026

责任在心　简单做人 ………………………………… 031

选择最合适的人打造团队 …………………………… 036

颠覆传统中介模式的超越 …………………………… 041

"每次调整都是机遇和挑战" ………………………… 046

真诚服务　厚积薄发 ………………………………… 052

立足本土　以心换心 ………………………………… 057

坚持做正确的事 ……………………………………… 062

以客为尊　诚信至上 ………………………………… 067

直营＋特许：整合的破冰之旅 ……………………… 072

长长久久才是好企业 ………………………………… 077

做最具声誉的房地产综合服务商 …………… 081

为您，我们用心来做 …………………………… 086

"守"出来的竞争优势 ………………………… 091

新十年，我们整装待发 ……………………… 096

"做中国房地产业最优秀服务生" …………… 101

上海地产代理界的传奇团队 ………………… 106

不断超越　追求完美 ………………………… 110

策行天下　致胜有源 ………………………… 114

你赢我才赢，我赢你更赢 …………………… 119

服务国际化与人才本土化的融合 …………… 124

"中体西用"的智慧 …………………………… 129

房产营销的"黄埔军校" ……………………… 134

精耕地产的营销专家 ………………………… 139

做永远的市场赢家 …………………………… 143

做房地产行业的"灯塔" ……………………… 148

多元发展的地产先行者 ……………………… 153

成功背后的太极之道 ………………………… 158

以诚立业　为爱筑家 ………………………… 163

永远奔跑的国企 ……………………………… 168

真诚做人　执着做事 ………………………… 173

学者型的优秀企业家 ………………………… 178

让不动产"动"起来 …………………………… 183

序

金桥，携手通向幸福生活。

金桥，让诚信勤奋的人们实现自身价值。

金桥，令勇于开拓、乐于承担社会责任的企业从新生走向成熟，并成为行业楷模。

金桥，在构建和谐社会中，发挥了无与伦比的作用。

打从 1992 年上海第一批 12 家房地产经纪机构诞生，将近 20 年时间，上海房地产经纪行业从无到有、从小到大，至今机构超过 1 万，从业人员达到 10 万。

20 年时间，在我国房地产业风起云涌、蓬勃发展的过程中，同样在激烈的市场竞争中摸爬滚打，有的从业人员不适应房地产流通领域的快节奏和风云变化，已离开了这个行业；而有的从业人员从当初的销售员，已成长为指挥集团运作、叱咤风云的企业家。有的企业已被淘汰出局、销声匿迹；而有的企业却蒸蒸日上，甚至走出上海，迈向世界。

历经十多年打造，"金桥奖"已经成为政府支持、社会认可、业内追求的上海市房地产经纪行业的权威奖项。"金桥奖"不仅在上海，在长三角地区乃至全国，也有影响。

"金桥"是如何建成的？"金桥奖"获奖企业何以在成千上万家房地产经纪机构中脱颖而出，其企业文化、企业管理有何独特精华？"金桥奖"企业领军人物在企业规划、经营理念、运营管理、道德规范、文化素养等方面有何过人之处？本着向"金桥奖"获奖单位学习；宣传推介品牌企业，并把他们的经验发扬光大，发挥引领作用的目的，我们上海市房地产经纪行业协会和房地产时报社的领导，携同协会秘书处工作人员及房报记者，在 2010 年下半年用半年时间开展了"金桥奖巡礼"活动，走访了 2010 年 4 月获奖的"金桥奖"获奖单位，并在房地产时报上对每个单位作了整版报道。

"金桥奖巡礼"专稿刊出后，在业内引起了强烈反响，获奖单位感到"金桥奖是荣誉更是鞭策，是品牌更是责任，是目标更是起点"，决心再接再厉，百尺竿头更上一层。业内同人觉得"金桥奖巡礼树起样板，推介经验，要好好学习借鉴"。由此，我们觉得把这些专访文章汇编成册，是一件有意义的事情，期盼此举对行业发展起到推动作用。

"金桥奖"巡礼专访稿由房地产时报五位年青有才华的女记者唐颖豪、张之花、何丹丹、佟继萍、田苗苗分工撰写。吴影影、张一摄影。

本书编委会由上海市房地产经纪行业协会和房地产时报社的方晨、宋心昌、徐勋国、孟昭国同志组成，编委会主任为方晨、宋心昌。

本书成稿、编印付梓得到了"金桥奖"获奖单位的大力支持，在此表示衷心感谢。鉴于时间仓促及水平有限，还望得到读者及各方人士的指点帮助。

金桥，印着行业发展和创业者的足迹；金桥，引领美好未来。

上海市房地产经纪行业协会

房地产时报社

2011 年 2 月

无为而治　中原逐鹿

——访上海中原物业顾问有限公司董事总经理谭百强

【题记】

　　纵横中介代理业多年，上海中原传承"无为而治"的管理理念，业绩突飞猛进，多年雄踞行业龙头地位。即便几经楼市调控、激烈竞争，依然稳健前行，以专业精干的地产代理形象向周边城市辐射发展。至今，上海中原已经蝉联8届业内权威奖项"金桥奖"，其他获奖更是无数，成为当之无愧的标杆企业。

管理理念——无为而治　治达天下

　　每一家中原分公司都恪守这样一条管理宗旨——无为而治。自集团主席施永青1978年创立香港中原以来，"无为而治、治达天下"的管理理念贯穿始终。

　　"无为而治"一语出自老子的《道德经》。施永青认为，"无为而治"不是无所作为，而是有所为、有所不为，在不为中实现有为。简单来讲就是将日常事务的决策权下放，充分调动下属的积极性，管理者不再置身于琐事，而是致力于战略方针的确定，从而提高效率。

　　中原地产之所以在今日能够独占鳌头，就是因为"无为而治"形成两大特点：一、报酬与个人的贡献挂钩；二、给员工自主的空间，让他们有所发挥，甚至让他们自己作主。

"无为"的管理方式，能让基层员工有更多的发展空间，当他们发现了最新的市场动态，创造出好的工作方法时，就能自下而上地推广。这一不同于其他企业的管理方式，使中原有更多的优势做大做强。

2005年，上海中原率先在行业内开创"渠道代理"服务模式，即"开发商的品牌＋上海中原的品牌＋市场策划能力＋丰富数据库＋强大销售网络"，随后延伸出"一二手联动"。它通过将代理商的策划能力与中介的渠道通路有机整合，使营销活动精准高效地到达目标客户群，从而节约营销成本，实现销售目标。这种新模式很快得到品牌开发商的认可。上海中原先后代理的金地未来域、格林世界、万科燕南园、华润上海滩花园等数十个楼盘均销售火爆，成为各自物业类型中的销售冠军。如今，"一二手联动"也很快被同行复制，成为中介行业标签。

2007年底，中原地产首次在上海开创自己的第二品牌——宝原。这一举动在当时很多人不看好，甚至到今天还被认为是一个超前大胆的行为。被问得最多的问题是，为何要"同室操戈"？中原管理层的想法很简单：一要留住上海中原的人才，因为当一个人的成长速度比公司快的时候，他们都希望能争取更好的发展空间，而中原立足上海多年，积累了大量的优秀专业人才，限于岗位，管理层认为有必要为他们寻找一个更好的待遇和发展空间；二是希望吸引优秀的同行加盟，快速提高整个中原集团在上海市场的占有率。

2010年4月，上海中原把交易监管部升级为子公司，命名为"誉萃"。对此，上海中原董事总经理谭百强这样解释：第一，为了配合现在的专业分工，把它独立出来更有利于平时的业务操作；第二，上海中原给它的定义是服务中心，以服务上海中原的二手房交易为主，今后还可能将业务范畴延伸至地产金融等各个方面。

2010年市场淡季，上海中原还将触角伸向沪港澳联动，即香港楼盘物业代理、移民、理财等全新业务。但前提条件是只做熟悉的地方，不鼓励代理海外楼盘。谭百强认为：上海中原要充分利用集团布点广泛、业务范围多元的优势，通过整合资源，既能在淡季中增加收入来源，又能稳定核心业务层。

这些看似违反套路的打法，其背后都是中原人凭借着30余年的专业经验和市场历练——感觉有机会了，就集中精力专攻市场空白点。

创新经营——前线拼"硬"　后台比"软"

做中介代理业"软"大同小异。说渠道，如今各公司多已开通"一二手联动";谈能力,业绩全靠前线做销售;比服务,统一按菜单式收费标准服务,因佣金比例低,无人愿意拿出更多的资源推出延伸服务来进行差异化竞争。但就在这样一个大同小异却又竞争无比激烈的环境下,上海中原能够开出200余家门店,市场占有率稳居第一,凭借什么呢?谭百强把核心竞争力归结于前线拼能力,后台比实力。

盘源对于中介行业来说,是生命支撑。5年前,上海中原和其他同行一样,从房友买来软件系统对盘源进行数据管理。但使用后发现,如不更新不升级就会处于被动。于是,中原以房友系统为原型,内部转换升级多次,并度身定制自己的盘源系统,做数据,做维护,开创了上海中原独有的"楼盘字典",此后又进行一系列内外网的全面打造。

内部网络方面,重点加强公司内部管理效率,提高后台的软实力。比如跨部门将资金监管、业务、法律、财务等组合起来,共用一个后台系统实现无纸化办公,减少无效流程。当年,上海中原还首次自己研发出所有环节CTM内部流程管理系统,这个系统将一个案子从前台销售推荐,到收佣金、签合同、交首付、按揭、收佣、分配等所有环节规范化,涉及人事、业务、财务、按揭等多个部门。"这些后台运作系统在物流、财务等其他领域企业来看简直是'小儿科',但在中介行业已经是高科技,反映出这个行业的含金量不高,但当一个企业达到一定规模后就必须要提高所有部门的工作效率。尤其是跨部门数据沟通,一定要攻克这道难关才能确保高效率和准确无误。"谭百强这样认为。

在此基础上,上海中原又开创了自己的"资金监管"系统。在当时交易操作还不十分规范的环境里,二手房交易中的资金安全是客户最关心的问题之一。而中原的"资金监管"系统,独立于企业的专用银行账户,完全实现客户资金专款专用;交易资金审批的各个环节互相独立、分工协作;每笔款项必须经过业务部、法务部、财务部三道审核方可出账。这些操作细节给交易资金栓了一把安心锁。此后,该系统还和中国银行、工商银行上海分行的内部平台接轨,实现中介与银行数据无缝结合。该模式受到同行的关注,有的甚至想参照。

外部网络方面,主要推动前线业务员的作战能力。2007年,上海中原就与网站合作,自主研发盘源推送系统对接合作网站。在这一系统中,员工只需一次上传房源即可发送到所有合作网站,无须重复劳动,大大提高了工作效率。当同行蜂拥与各类房产网站合作的时候,上海中原又掉头主攻自己的门户网站。2009年5月25日,上海中原新网站全新上线。与同行的门户网站主打企业资讯不同的是,中原新网站定位于"业务型网站"。只要登陆上海中原外网(www. centanet. com),购房者就可以享受到与在门店一样的服务。而且由于中原对所有业务人员的管理监督作用,杜绝了绝大多数房源网站的"重复、虚价"等问题,购房者还能通过上海中原的独特考评机制找到最优秀的经纪人为客户服务。套用谭百强的一句话:公司就要尽可能地拨出资源给业务员,让他们寻找到好的方式去促成交易。

2010 年,上海中原在原有的经营模式中再度增添新鲜元素,提出了电子营销概念。根据这一模式,上海中原可以通过电子邮件给客户提供更多的增值服务,还和工商银行上海分行联合推出"中原地产灵通芯片卡",拉开两家在房产和金融领域全面合作的序幕。

大家风范——投身公益　感恩社会

上海中原一向认为,大公司、大品牌应该努力建立行业的"规矩",建立理性、健康、有序的行业规范,令这个行业更加蓬勃向上。面对变幻莫测的市场,不能单纯从业务的角度解决现有的问题,需要宏观地、从整体价值观的角度,解决以后可能碰到的问题。作为领军沪上房地产代理的企业,上海中原表现出一个负责任的大企业的风范,勇于承担社会责任,坚持回馈社会,积极参与公益事业。

2006 年 8 月,上海中原成立了爱心社,全面启动公益计划。爱心社在第一个"中原日"举行了大型义卖活动,共筹得善款 1.1 万余元,这笔款项全部用于资助贫困家庭和失学儿童。9 月,中原爱心社与闵行区启智学校(入校学生多为智障儿童)签订建立爱心联盟义工群协议,长期给予启智学校的孩子们帮助和照顾。11 月,爱心社成员金珑入选《东方早报》主办的"雪域童年"支教活动,走进云南省迪庆藏族自治州德钦县燕门乡茨中完全小学,还代表上海中原在茨中完小成立"中原奖助学基金"。次年,上海中原更是拨出十余万元资金,在云南建设了第一家上海中原精英小学。5·12 汶川大地震发生后,上海中原第一时间向所有受灾区域的同事表示慰问,并通过邮件、电话、网络等多种形式,登记因地震灾难而导致家庭、亲属、房屋、财产等的损害情况,予以一定的经济帮助。2009 年,上海中原爱心社又在集团内部发起"母亲水窖"援建地四川渠县项目,捐出 10 万元爱心款,集团为了鼓励各地同事能够释放爱心,也向该项目捐助 10 万元,另捐助 10 万元作为对爱心的鼓励,打响"母亲水窖 1+1"活动的第一炮,最终筹资 200 余元万,成为整个行业中爱心公益的楷模。此后,上海中原爱心社又将目光转移到身边,并动员社会力量一起做善事。先后多次与江苏路街道、江宁街道联合举办义卖活动、"世博红轮椅"活动;帮助困难学生,用提供打工机会来资助他们,每月2 000元;对有困难的同事,号召他们主动向爱心社发信,员工互相帮助,并在内部设立爱心勤奋奖,帮助员工度过难关。通过这一系列爱心活动,中原员工更加深切地了解了做企业公民的意义所在,更加自觉地"怀着感恩的心,善待身边的人,为创建和谐社会而努力"。

在谭百强心里,一家企业的责任感首先表现在"经营有方",为员工提供良好的工作、生活条件,成为员工持续发展的基础与平台。他也一直有一个对上海中原的期许——做一个全方位的、受人尊重的房地产服务公司。上海中原希望在未来,能够为整个房地产产品线的每个环节提供专业的服务,以一个行业先行者的姿态冲出本土,跟世界各地的知名同行建立起联络,加强业务合作,扩展服务范围,并将进行多方面的尝试,包括物业管理、物业估价、担保、典当、装潢、投资咨询等领域。

（唐颖豪）

无为而治　中原逐鹿

在调控中把握机遇求发展

——访上海亚业房地产经纪有限公司(21世纪不动产)总经理张卫平

【题记】

　　房地产经纪公司发展主要有两种模式——直营和特许加盟。通常中介企业会选一种较擅长的模式,只有少数企业兼有直营和特许加盟两种模式,在不同区域分别发展,而能把这两种体系在同一区域都发展得有声有色的更是凤毛麟角。21世纪不动产就是这少数中的"少数派"。21世纪不动产上海区域的董事长总经理张卫平,2006年底从北京总部来到上海,在这里开启了21世纪不动产的新篇章。

明确战略　　快速发展

　　2002年10月,21世纪不动产在上海成立区域分部,负责21世纪不动产品牌在上海地区的运营和管理。2006年底,张卫平赴上海就任总经理,与此同时,集团对上海市场的规模发展提出了新的战略要求。

　　怎么才能在较短时间内,在规模和速度上都实现跨越式发展?公司管理层决定采取双向发展的策略:上海锐丰发展直营体系,以整体加盟的形式存在于21世纪不动产;区域分部专注特许加盟业务,因为直营体系和特许加盟体系并行不悖。此外,金融服务部门也独立成立了凯盛经略投资管理有限公司。

　　制定策略并不难,难的是如何实施。特许经营和直营门店各有优劣,特许系统以加盟门店为单位,以合同为基础,发展速度快,门店独立运营和管理,分散了总部的管理压力和经营风险,但是相对而言增加了总部管理难度;直营体系规模效应明显,房源客源整合、业务成交监控、品牌形象宣传、企业激励机制都能高度集中,但是发展成本和经营风险高。

　　在市场好的时候,直营体系对公司盈利的贡献大于加盟体系,但是,市场不好的时候,直营门店的反应比加盟店慢,成本控制也不如加盟店有效。21世纪不动产上海区域分部的一个神来妙笔,就是直营体系上海锐丰的整体加盟,上海锐丰是21世纪不动产区域分部最大的加盟商。2006年底成立的上海锐丰,所有门店都与区域分部签订加盟合同、缴纳加盟费、特许权使用费和保证金,很大程度上保证了直营体系与加盟总部的一致性。

　　21世纪不动产上海区域在加盟和直营两种模式的运营管理上进行了创新,采用了"一块牌子,两套人马"的策略。严格规范了两种模式间在业务合作、信息备案、人员流动和招聘培训方面的行为和规定,实现了资源优化组合和配置。如今,21世纪不动产上海区域旗下各加盟商和上海锐丰之间合作更加顺畅,在统一的管理下服务质量与业务发展更加规范、成熟、稳健。目前21世纪不动产的加盟费在业内是"上海第一高",即使这样,加盟商都认可这是一块金字招牌。

　　2006年底,21世纪不动产在上海确定了三步走的战略:2006—2008年是奋起阶段,建立起稳定和高效的管理层结构、运营管理系统和业务流程;2009—2010年是腾飞阶段,扩大门店网络规模和提升市场份额;2011—2012年是超越阶段,保持规模优势,提高运营质量;超越自己,超越对手。截至2010年11月底,21世纪不动产在上海实际运营的门店数300多家,员工总数4 500名;其中直营门店260家,加盟门店45家。在门店网络规模快速发展的同时,市场份额也随之扩大,三步走的战略逐步实现。

不断学习　严格管理

　　21世纪中国不动产2010年初在美国纽交所上市以后,风险防控、运营管理都有了更高的要求。实际上,从2009年下半年开始,21世纪不动产在上海就启动了运营流程化和管理数据化的各项工作,"两化"的开展和推行使得各门店管理水平和业绩有了巨大的提升。企业在快速发展的同时,会在服务质量上出现一些问题，关键是企业高层的重视程度和措施力度。2010年年初21世纪不动产上海区域分部在原有运营管理系统基础上，成立了由公司高层直接领导的业务稽查部，针对各门店专业服务、客户投诉和质量诚信出现的问题开展抽查、暗访、客户调查和信息跟踪，对不符合要求的人员和门店进行严肃查处，这一举措起到了良好的效果。

2006年至今，21世纪不动产上海区域的发展进入了全新的阶段，但张卫平坦言，企业要想发展得更快、更好、更强，必须时时自省，保持空杯心态，不断学习进取。2008年，21世纪不动产开始推行门店电子收据系统，规定各门店意向金和定金在收到24小时内入公司账号，以监督业务行为。作为21世纪不动产的另一大特色，其加盟体系在本地化后也形成了特色培训系统，3个月、6个月、1年的培训项目，从课程设置、培训管理到检查考核等各个程序都有严格的标准，形成了总部、区域和门店这三级架构的培训，令企业各层级员工在接受培训的过程中，将服务理念潜移默化至每一环节。

与此同时，21世纪不动产上海区域坚持给各加盟门店提供客户维护、关怀、业务辅助系统，帮助提高加盟店一线人员的业务能力，并在管理上帮助门店招募面试、甄选考核、制定商业计划等，加盟商的管理水平提高了，盈利能力自然就上去了。

稳步前行　实现超越

2010年对房地产行业来说是困难重重的一年，房地产经纪行业经历了罕见的一年内两次调控。4月的调控，市场成交冰冻了3个月，随着8、9月份的回暖，10月份又是一个肃杀，二手房成交量大幅下降。但是，张卫平的一句"我们习惯了"，轻松拨开了愁云惨雾。

和很多人的悲观不同，张卫平认为调控既带来危机却又潜藏机遇，企业应学会在危机中看到希望，抓住机遇寻求更大的发展。他同时表示：2010年的政策调控，能抑制住房买卖市场的投机行为，并有助于抑制中介行业的投机，从这两方面来讲，调控其实是好事。而政策中对动迁房的解禁，有利于抑制增量房价格的飞涨，能把部分人从一手房市场拉回二手市场，这对房地产经纪行业的发展将起到良好的促进作用。

从2000年进入中国，21世纪不动产一直不变的宗旨是："客户高度满意、中介行业领先、促进房地产事业平衡发展，从业人员价值体现。"在此宗旨下，张卫平始终坚持一个观点：不论和同业发生矛盾还是不同体系之间产生矛盾,首先要大度,其次要以相互谅解为原则,万万不能损害别人达到自己的目的。"两败俱伤不如成全一方",他的这句话表达了一个企业以和为贵的态度。与大局的稳定相比,业务的得失、一方的利益不必看得过重,"只有心胸大,企业才做得大"。

在品牌进入中国十周年之际,21世纪不动产上海区域按照既定的战略目标稳步前行,至2010年底规模拓展的目标能超额完成。张卫平表示:为适应不同的市场状况,21世纪不动产上海区域准备了两套不同的方案,市场火热,选用第一套方案,市场冷淡,则选用第二套方案;灵活的发展策略能使企业在任何市场形势下保持主动性。

2011—2012年是21世纪不动产上海区域战略三步走的第三步——超越,其门店规模将不断扩大,市场份额得到快速提升,同时实现人均、组均和店均业绩的重大突破。

21世纪不动产体系概览

21世纪不动产是全球最大的专注于住宅市场的房地产特许经营机构之一,覆盖了全球73个国家和地区,拥有约8 000家加盟店和超过12.1万名经纪人,21世纪不动产向其加盟商提供综合的培训、管理、服务和市场营销的支持。

21世纪中国不动产("IFM投资有限公司")(纽约证交所股票交易代码:CTC)在中国大陆地区拥有21世纪不动产独家特许授权并在中国房地产行业拥有最广泛的销售网络。公司关注快速成长的中国二手房市场,从事自营的房地产经纪业务、特许经营业务、金融按揭贷款服务业务、新楼盘服务业务、商业地产服务业务和基金管理业务。依托强大的信息管理系统和培训系统的支持,公司自2000年以来取得了迅速发展并在业界获得多个重要奖项。

截至2010年9月底,21世纪中国不动产在中国大陆地区已发展了29个区域加盟商,覆盖全国32个主要城市,体系内拥有接近1 500家门店及2.01万余名经纪人和雇员,销售信息系统中的房源量达650万余条。

2002年9月,21世纪不动产上海区域分部成立。至2010年11月,21世纪不动产上海区域分部已在全市拥有300多家门店,营业网点遍布全市各个城区郊县,从业人员4 500名。2010年4月,21世纪不动产上海区域连续6届蝉联上海房地产经纪行业最高荣誉——"金桥奖"。

目前 21 世纪不动产在上海市场已实现网上房源共享，在售房源数量超过 80 万套。通过快速发展的门店网络规模、全方位的市场推广、完善的电子商务系统、强大的法律支持及金融客服团队为消费者提供更加省心、放心、贴心、安全的优质服务。

（何丹丹）

顺势而为　破浪而行

——访上海汉宇房地产顾问有限公司董事总经理施宏叡

【题记】

　　张扬激情,一直是汉宇发展的精神动力,激情的延续是敢于创新,而创新贵在坚持,这就是汉宇的优点。施宏叡眼中的汉宇是个综合体,不追求一、二手房业务的第一或第二,但是综合实力必定是最强的,生命力是最坚韧的。而他自己则是低头踏实做事的人。

顺势:三起三落

　　2010 年是汉宇地产扎根上海的第 7 个年头。7 年间,汉宇从一个新丁摇身变成房地产中介领域美誉度很高的知名品牌;凭借一二手联动成功模式,形成一手代理、二手中介、商铺写字楼三大领域的运营模式……掌舵人施宏叡这样总结:谈汉宇的发展,必须说起 2003 年—2010 年间市场的三起三落,汉宇在走过的这些路中摸索出许多经验。

　　2003 年,他带着家族资金,只身投入上海,蛰伏楼市。"当时定下了'打上海'的策略,要抢占全国,必须立足上海,首先要抢滩上海。"尽管家族未涉足过房地产,但战略布局的眼光从没有偏离过。

　　2004 年,汉宇打响了第一场战役,从"郊区包围城市"。布局由内环向外围打,从浦东、杨浦、徐汇、长宁等城中心向外一步步延伸。这一年共开 20 家门店,年底即盈利。施宏叡把起步年的成功归结于两点:一是管理模式好,引进一批香港有丰富从业经历的人才;二是抱着向同行学习的心态,2004 年的楼市平稳向上。

2005 年 4 月,楼市掀起第一波宏观调控,此时的汉宇已经从 20 家门店翻番成 54 家。在门店翻倍过程中,汉宇也不得不承受市场剧变。政策组合拳后,5 月份全市二手房成交量速降七成,业内一些"大树"相继倒下,本地公司也加紧收缩。"市场就像是对汉宇一种考验,我们开始思变。"施宏叡敢于面对,并想到解决方案:政策出台,只能适应政策而不是怨天尤人,该收缩就收缩,两家并一家,门店从 54 家调整到 43 家。

2007 年,市场大起底,汉宇顺势迎来第一个大丰收。不仅成功操作闻名业界的一、二手联动模式,更是成功引进商业地产和海外代理,奠定了汉宇在行业中的地位。"我记得,成立初始我们的口号是'全心全意全为您',那时的想法是服务好客户、做好自己。2007 年改为'值得信赖的房地产服务商',那是因为汉宇用心付出后,慢慢开始得到市场的认同和口碑。"施宏叡说,2007 年门店由 43 家骤变成了 97 家。

然而,身处房地产市场就必须要学会泰然面对"过山车"般的行情。2008 年金融风暴让楼市再次回落,汉宇第二次在危机中寻找出路。门店调整到 80 家,二手房业务调整就全力拓展新的业务增长点。2008 年,看似业绩滑坡,但汉宇仍然突破常规,第一次获得金桥奖代理奖项的荣誉,并在一年后从二十强上升到前七位。

2009 年,汉宇又画上圆满句号。中介门店突破 100 家;人才储备超过 2 000名;一手代理总营业额突破 2008 年瓶颈,达到 2008 年的 3 倍;一二手总营业额突破 3.5 亿元。

2010 年,市场面临第三次回落。为防止房价过热,调控政策一波接一波,但这次汉宇没有调整。在施宏叡看来,政策面不像以前那么不成熟,因此汉宇采取稳进策略,每月保持 2—5 家门店扩张,二手营业额对比 2009 年略少些,但一手代理业绩翻番,项目是 2009 年的 3 倍。所以,2010 年营业额总收入必定超过 2009 年。

回顾三起三落的历史,施宏叡说,汉宇的打法很多:二手稍微逊色了,就主攻一手,一手受压,就转战商业,所以汉宇是个综合体,不追求一、二手业绩的第一名或第二名,但一定是综合实力最强的,生命力最坚韧的。

破浪：联动营销

深谙房地产市场的行家总是评说，上海中介市场走在全国之前，但竞争也最激烈。做的都是中介买卖，卖的都是差不多的房子，大家都一窝蜂搞一二手联动，凭什么说，你最强？回答是，汉宇作风，最贴市场。

2008 年，汉宇结盟万科"金色雅筑"楼盘。原计划，3 个月完成 180 套销售。结果，仅 9 天汉宇就把 210 套房源售罄。由于当年楼市调控，万科率先降价，汉宇一边卖房还一边抵挡老业主的冲击。

汉宇操盘时间最长，但销售高潮不断的是盛高宝山"香逸湾"楼盘。从 2008 年卖到 2010 年，每次都提前完成，卖得一套不剩；从均价 9 000 多元卖到 2 万元出头。在施宏叡看来，这是既有长度、又有硬度、还有深度的操盘经历。

别人卖不动的盘，到了汉宇手里却成为销售奇迹。2009 年，汉宇接下原南汇五角世贸大厦，这个楼盘曾让很多代理商栽了跟头。而汉宇却只用了短短两个月就卖了 3 500 套商铺，让该楼盘连续半年成为上海商业地产销售总冠军，同时，也奠定了汉宇在商业地产代理上的显赫地位。

三个不同的项目，不同时间、不同类型、不同运作手法，同样的成功，让施宏叡记忆深刻，也是汉宇综合实力最强有力的证明。

施宏叡这样剖析汉宇的"人弱我强"和"人无我有"。一是做事理念。追溯汉宇地产的一、二手联动营销，早在 1998 年香港从业时，施宏叡本人和一批香港管理骨干就和新鸿基、和记黄埔有过联手卖房的经验，知道联动该怎么做。除了门店二手房业务外，知道怎么和开发商打交道。2003 年到上海后发现，上海中介市场是二手中介和一手代理分开做。那时，做代理的想涉足二手门店，做二手房的想涉足代理。由于两者业务没有太多交叉性和可借鉴性，做代理的至今也没有成功进入中介市场。而汉宇一二手联动的服务理念早在 2003 年之前就生了根。

二是架构合理。不涉足代理业，不会知道代理成本是多少，反之，同理中企业。比如某代理公司曾经开到十几家中介门店，最终无疾而终。反过来，有的中介公司运作庞大，分支架构繁杂，二手房和一手代理业务并驾划分，往往容易产生"不中和"的化学反应。

三是执行力。有的中介公司门店布点众多，做一手代理项目时，却发现并没有调动所有门店一起做，其中既有船大难掉头的原因，又有执行力的原

顺势而为　破浪而行

因。但在汉宇，从上到下都是认真做事的人。只要上级一个口令，全体义无反顾推行一二手联动，于是几十家门店的业务员会立即停下手头所有二手业务，短期内主攻一个项目。这也就是众多开发商佩服汉宇的所在，一天内可以约到 1 000 组客户，一天内能集中组织 54 辆大巴客户奔赴桐乡项目现场。而施宏叡与自己的团队也积极向开发商争取更多的福利给予业务员。比如，在汉宇所接的代理项目中，除了固定的代理费佣金外，有些还额外预留一部分奖金，让业务员能更好地单点作战。

"对于这种管理模式和执行方式，必须要有坚定的理念支撑。因为理念往往容易飘忽，在执行中会受别人影响而怀疑自己做法是否正确。"施宏叡说，很多同行总是担心主攻一手房，二手房业务下滑会影响名声；有的则担心一手代理部门强大了，二手中介就会被牵着鼻子走，相互抗衡；还有的担心一手房结钱慢、现金流不够稳，二手房是交易完一笔结算一笔，业务重心偏颇会影响公司发展。但这些"纠结"，都被汉宇的坚持一一化解。施宏叡指出，代理业没有成功做成中介的，但中介早已转型成代理，有信心把手上的代理项目赶超同行。

坚守：汉宇速度

走过 7 年路，汉宇现在拥有一手项目营销代理、二手住宅居间中介、商铺写字楼经纪和海外楼盘推广销售四大业务领域协调发展的运营模式。在外人眼中的汉宇已实现质的飞跃，但在施宏叡看来，汉宇还远未达到应有的速度。

"顺势而为，事半功倍。顺势而为的同时，还要破浪而行，这两者之间有一个度，只要掌握好这个度就可以很好地应对危机，长足发展。"施宏叡很清楚，如果要发展到全国，必须在上海获得领先的优势。汉宇以后的发展，取决于自己如何把上海这个市场做得更好、更大，把品牌的知名度做得更广。

他说："目前汉宇已经把一手项目拓展到泛长三角地区，如江苏、浙江、安徽等地，相信不久的将来，环渤海以及西南的内陆地区甚至华南都将出现汉宇的身影。全国的布点只是时间以及汉宇发展和市场相结合的问题。这不是梦想。"

2011 年会是汉宇成长中最为重要的一年，多年耕耘后会有一个很好的成绩表。二手房业务模式会求变，可能不会再以传统运作。同时，一二手联动会更精彩。当别人在学汉宇联动 1.0、2.0 版本的时候，汉宇已升级到3.0、

4.0 版本。代理业务实现快速增长,目前,手头已签约的 2011 年独立代理项目已达 3—5 个,有信心签约 10—15 个。在房地产流通领域,复合式营销日益成为主流营销方式。2010 年,汉宇的资源整合是与媒体共同做楼盘营销,2011 年将融入信息库、呼叫中心等多番动作。

(唐颖豪)

顺势而为　破浪而行

用爱铸家赢天下

——访上海我爱我家房屋租赁置换有限公司总经理周静

【题记】

　　有这样一群人，崇尚爱，建设家，追求赢，每天靠近理想一点点。

　　"用爱铸家赢天下"是我爱我家一直秉承的宗旨和追求的梦想。为了实现这个梦想，我爱我家所有员工坚守在房地产经纪行业，默默耕耘并实践至今。

独特的企业文化——"爱·家·赢"

　　2003年进入上海，成立至今，我爱我家已连续蝉联四届金桥奖，当家人周静认为，正是因为走了一条与别人不一样的"文化路"，才在竞争激烈的上海市场"血拼"出"老三"的地位。

　　"爱是最伟大的力量，企业要学会爱员工，员工才会爱客户，合理之后做企业才会赢。"周静这样阐述我爱我家"爱"的特有气质。

　　2008年楼市调控，为了鼓励员工积极应对淡市，我爱我家不仅没有裁员，反而把业绩门槛从1.5万元降到1万元。周静动情地说："业务员中很多是新上海人，我们希望员工多拿些奖金，在上海过得好一些。"

　　不管是中秋还是端午，每位员工都会收到公司送上的贴心礼品。过年期间，由于工作需要，很多员工放弃春假留在上海,公司会悄悄地将丰厚的"年货"快递到他们的老家,代替子女孝敬爱心,并通过信件及电话的方式汇报他们的工作情况。这让许多员工及其双亲为之动容。

我爱我家还专门设立"爱心基金",以此帮助员工缓解因疾病或家庭重大变故而导致的生活困难,使我爱我家的每一位员工都增强克服困难、勇往直前、自强不息的信心……

正是这些点滴关爱,让我爱我家的每一位员工时刻感受到来自团队的温暖。如今,干了七八年的老员工很多,有的甚至开玩笑说,要老死在我爱我家。这就是我爱我家,一个名副其实的"大家庭",让每一位进入这个家的成员不愿意再离开。

感受到我爱我家浓浓爱意的员工,自然而然地又将这份爱心融入到日常工作中,带到每一个工作岗位,以真诚的爱心和微笑服务每一位客户。

2009 年 10 月,我爱我家闸北区一套房管合同即将到期,房东决定将房子尽快卖掉,但该房租客却执意不肯搬。租客是一位 70 多岁的老太太,不愿意搬离是因为房租便宜,且离患病的女儿很近。我爱我家工作人员十分同情老太太的处境,利用休息日在她女儿住的医院附近帮老太太找房子。整整找了一个多月,终于在承诺交房的最后一天找到了老人满意的房子,并在当天帮助老人搬到新住处。在我爱我家,这样的事例比比皆是,每当遇到问题,我爱我家的业务员都是站在客户的角度考虑,并始终关注客户的情感需求。

从成立至今,我爱我家客户满意度始终保持在 90% 以上。一面面锦旗、一封封表扬信、上万篇精彩文章、数百次电视采访,我爱我家知名度和美誉度迅速攀升。为了保障广大客户的切身利益,我爱我家还特别建立了一套行之有效的客户服务稽查制度。公司客户服务部门采用定期或随访的方式,对连锁店员工、经纪人展开明查、暗访,及时发现和解决服务中产生的各种问题。同时,公司以店面和热线电话的形式处理客户的各种投诉,最大限度地提升我爱我家的服务质量和客户满意度。

踏实的业务经营——买租不分家

从 2003 年到 2010 年,我爱我家曾走过弯路。进入上海的第一年,我爱我家曾轰轰烈烈,之后却采取保守模式,接连被甩出中介排名;2006 年开始改革,从企业文化着手,狠抓员工行为举止,业务稳扎稳打,排名逐渐回升,直至 2009 年位居成交量排名前三。但无论是在低谷还是在高峰,我爱我家都始终坚持"买卖租赁不分家"。

由于租赁业务佣金很低,在很多公司眼中,它是一项很不起眼的业务,即便成交了也吃力不讨好,往往只有在市场清淡时才想起把它当作"救命"业务。所以,一直以来,房地产租赁市场存在两难的现象:一方面租户房源信息少,难以找到满意的房子,而且房地产服务中介市场鱼龙混杂,服务、交易流程尚不规范,另一方面,业主在房屋出租时也会遇到很多困难,诸如收租难、维修烦、找租户更难。随着流动性人口越来越多,需要租屋的人也越来越多,这种租房"两难"的现象也越来越普遍。

"成交一套房子必定会产生后续需求,比如买了之后会找人租房,出租一段时间之后又再出售,如此循环,中介一条龙服务就串了起来。所以,我爱我家坚持租赁和买卖不分离,租赁始终是主打业务。"周静说。活跃在租赁市场的同时,我爱我家还推出了新型服务——房屋管家,使业主不但省去了寻找客户、追讨租金、维护装修等一些比较繁琐的事情,而且可以最大化地降低风险。租户则不但可以在最短时间内找到性价比合适的房子,还能在入住前享受装修一新、清洁消毒等安全可靠的服务。

为了强化租赁业务在公司的地位,我爱我家在"房屋管家"的操作中实行统一化、标准化、网络化、专业化服务,为业主与客户提供热情、及时、专业的服务,竭尽全力地帮助每一位客户寻找到属于自己的家。就这样,我爱我家门店平均每个月至少成交 10—20 单租赁,租赁房源储备丰富,一个月有效房源也有几万条。每逢市场遇到政策调整,因为租赁业务始终保持稳定,我爱我家受冲击少,业绩亏损排后;市场较好的时候,两项业务齐头并进,也能快速回升。

出色的全城联动——拼合力

很多人都说我爱我家业绩做得好是因为他们的销售员能力特别强:他们能自己开发客户需求,也能自己去寻找卖家,一肩挑两边,而且销售技巧特别强,什么样的客户都能搞定。真的是这样吗?

其实,2005 年楼市遇到第一次调整,房产市场开始进入波动的周期,这中间同时伴随着行业竞争日益激烈,市场的变化推着中介从"店里坐等客户"到"店外满世界找客户",坐销最终走向行销。我爱我家和同行一样,用这样的模式耕耘在房地产经纪行业,但这些还不是取胜的关键。

"我爱我家的门店从来不是最多的,但是却能创造比较大的信息量和交易量,这得益于我爱我家的团队作业。"周静解密道,我爱我家十家店形成一家店团队做,这是其他公司做不到的。房源共享,客户共享,令我爱我家门店数虽然只有市场总量的 5%,却拥有全城 50% 的房源和 40% 的客户,不仅保证我爱我家拥有丰富的客户资源,而且做到全城联动,消除单店销售半径局限带来的盲点。"简单地说,任何区域的楼盘都能在我们这里找到合适的销售客户群体和销售渠道。"周静认为,如果门店与门店之间不联动,光靠各自单打独斗,门店再多也没用。

远虑的战略布局——进攻型架构

2006 年—2010 年,上海我爱我家迈出了一大步:个别区域做到业绩第一;店均产出高,60 多家门店高峰时店均月产 12 单;2009 年全市成交套数排名第三。2010 年起,上海我爱我家搭建出一个强大的进攻架构。

我爱我家自北京发源,目前在北京有 400 余家门店,加上天津和太原,华北三个城市门店总共达到 500 多家;华东市场主要在杭州、上海、南京、苏州和宁波,其中,杭州市场占有率达到 20%,排名稳居第一,苏州和南京也占据第一位。这种格局对上海我爱我家形成围合。因此,在前几年稳扎稳打的基础上,上海我爱我家决定利用 2010 年市场淡季逆势扩张。

业务基调:牢牢抓住中低价房的高产出比,紧紧围绕老百姓的住房需求。虽然高端住宅市场在上海是块很大的蛋糕,对从事中介行业来说,做成一笔,佣金颇丰,但这块业务的市场份额至多 30%。"大部分产量还是在中低端市场。"周静以徐汇二手房成交量举例,把区域分为徐家汇中心、梅陇和田林板块,后两者二手房成交量占全区的 70% 多,前者只有 20% 左右。"但是,我爱我家不会放弃高端市场,可能今后开辟第二品牌专做高端物业买卖和租赁。"周静透露。

扩张路径:先浦东,后普陀,再宝山,核心布点中外郊环。内环内尽量不开店,因为中心区域不适合规模化经营,而是需要精致化服务,所以我爱我家布点故意避开陆家嘴、古北等板块。在现有的市场份额中,浦东是发展第一重点。因为一个浦东地区的成交量就相当于其他城市的几倍,高峰期,一个月能成交 5 000—6 000 套,而杭州、苏州最好的时候也就一个月 3 000—4 000 套。我爱我家在浦东地区布点比较弱,从 2008 年到现在,虽排名前三,但与前两名比起来差距很大。其次,继续进入普陀市场。现我爱我家在当

用爱铸家赢天下

地有五六个门店,当时觉得布点不错,如今看来有些跟不上,因此2010年准备再增加三个门店。再次,继续向外推进,首次涉足宝山。周静用"冒险"来形容我爱我家的这步棋。因为从未布过点,所以人才储备了半年之久,希望以精兵强将突围成功,短期目标是半年内一连开五家。在逆势中,如果一个门店在三个月内营业能力达到15万元左右,开店就算成功。

其实,早在2009年我爱我家就准备开店,但在2009年火爆行情下门店成本是以往的1—1.5倍,一些铺位的转让费高达20万元,而且也找不到好店铺。2010年市场重遇调整,对我爱我家来说反而机会来了。5月短暂停止,观望市场走势之后,6月于浦东新开两家门店,预计10—11月在宝山连开4家。"想在10月跨过80家门店,年底实现100家。"周静雄心勃勃地说。等踏踏实实扩过100家后,再考虑下一步扩张。

(唐颖豪)

"稳定发展一定要两条腿走路"
——访上海房屋置换股份有限公司董事长奚智祥

【题记】

在上海众多中介企业中,上房置换无论是企业本身还是管理者,都异常低调。而被业内称为中介行业老总"大哥"的奚智祥,更是鲜少在公众视野中出现,也很少在媒体露面。作为目前上海市唯一一家国有控股的房地产中介行业的总经理,他和同行企业的管理者比起来,更喜欢低头做事。

上海唯一的国企中介——做好主营

上房置换不同于其他性质的同行业企业,是上海品牌中介公司中唯一一家国有控股的公司,尽管五六年前上海还有其他国有控股的小中介公司,但是能生存发展到现在的,只有上房置换一家。

十二三年一路走来,房地产行业受政策影响起起伏伏,随着市场发展和政策调控不稳定,主营业务收益也起起伏伏。中介企业发展也跟着起伏,2009 年经历了一个好的年头,2010 年 4 月以后又开始走入低谷,成交量"碰到地板了"。

在中介行业危机感严重的当下,奚智祥却显得非常笃定。2010年市场低迷,中介行业生存有困难,小公司大公司都会收缩规模,但据奚智祥说,上房置换现在一家店也没收,只做调整并适度扩张。这几年来,市场时好时坏,起伏很大,主

营业务二手房交易在市场好的时候创业绩,不好的时候,力争打平成本,然后就要靠多种经营多元投资实现盈利。

事实上,这些年上房置换对主营业务的调整力度很大,从 1997 到 2010 年,对主营业务的调整规模作了严格的控制:最多时有 200 多家门店,现在基本保持在 100 家左右。为什么发展中门店数反而减少了? 因为在实际运作中,奚智祥觉得企业的规模效应要根据其市场定位和边际效应而量身定做,规模大有优势也有弊端,而上房置换要扩张,不但要根据自身定位和发展,还必须要符合上市公司的要求。在对公司的经营规模和发展特点做了深入分析后,奚智祥将门店规模锁定在 100 家左右,"要对股民有交代,不能亏"。2002 年到现在,即使市场低迷,上房置换这些年来没有一年亏损,主营业务不做最大,保持适当的规模,并且每年必对股民有所回报。

保持不亏损的秘密——多元发展

十几年发展中市场最低迷的时候不亏钱,在上海的中介企业中非常罕见,尽管普遍预计 2010 年的交易量惨淡,但是上房置换税后利润 1 200 万—1 500 万元没问题。奚智祥说,这主要基于公司"两条腿走路"的战略。要保证公司的生存,稳定发展,一定要"两条腿走路",其中,经营一手投资代理的项目,对公司的生存发展至关重要。

因为国有控股公司在资金方面有优势,而奚智祥本人又在上市公司负责流通、资产业务,所以上房置换又为上市公司承担了排水口的功能。经过多年来的运作和实践,为公司培养出一手投资代理的强劲实力和专业团队。同属一家母公司的普润公司主业是一手代理,上房置换常常在人才、资金,技术力量上和它有机结合。

例如做买断销售项目需要资金、专业决策者、技术人员、操作团队等,上房置换和普润公司联手,万事俱备,只待利润。正是因为具备了强劲的一二手房联动实力,上房置换曾经在无锡收购的两幢高层,两个月就销售一空。奚智祥对一二手联动的含义还有另一番理解:不光是一手房通过二手房门店销售,或在一个项目当中一二手互动,而且在资金与通路的合作产生效益,也是一种联动。

除此以外,上房置换在市场吞吐尾盘和存量资产实现的收益也相当可观,将尾盘和存量资产做全新策划后销售出去,上房置换帮助母公司销售系统内的资产,也能从中收取佣金。

奚智祥在企业战略上一直不太主张大规模的多元化经营,却很赞同多元化投资,认为投资眼光看准以后,回报将会很丰厚,而且对公司的发展能起到至关重要的支撑作用。投资兄弟公司普润公司 55％ 的股权,不仅回报丰厚,两个公司还能业务互动共同发展。2002 年投资了上海银行的股权,700 万股股权通过增股和资本转股,现在变成了 1 100 万股,一旦上市利润可观。有了多种创利渠道,即使市场不好,公司也不会资金流枯竭、资金链断裂。上房置换给股东的收益也非常丰厚,早先投资的股东都实现了 4 倍的收益。

有人曾经问奚智祥,既然副业做得这么好,为什么不干脆丢开主营,专做副业?奚智祥的回答则带有思辨的色彩:主营是平台,没有这个好的平台,副业做不起来。

市场波动下的企业管理——顺势而为

尽管有其他收益项做平衡,但是 2010 年政策趋紧,主营业务下滑不可避免。对此,奚智祥在企业管理上也应对有术。

第一,提出主营业务要高于平均水平的要求。市场不好的时候加强租赁业务的拓展力度,尽可能做到最好,控制非经营性成本和连锁运营成本,积极拓展综合性经营,摆脱亏损,争取有更多的利润。

第二,适度放低指标,维护职工队伍的稳定和信心。市场好的时候,员工赚的佣金多,市场不好了,主要靠底薪过日子。公司首先对市场做基本判断,调整奖励机制。原先市场好的时候,业绩指标定在 1 万元,现在大家都只能做到 2 000 元,指标就调整到通过努力能达到的 3 000 元。奚总一直强调实事求是,奖励机制也要实事求是。

第三,借鉴他人的长处。上海市场企业多,机制不尽相同:台资企业稳健规范、管理后台支持有力,而港资企业的激励机制强,都发展得很好。上房置换在保持自己风格的同时,也适当借鉴港资企业的激励机制、台资企业的后台控制和法务保障,用他们的长处加强自己。以"他山之石"提升企业的整体能效。

第四,员工持续培训,人员适度流动。中介行业流动性强,而上房置换却是另辟蹊径,奚智祥一直主张员工要不断地培训。上房置换出去的人,每个都能够熟悉业务、操作流程,接待咨询、后台配合,法律规范,很多人出去以后就在别的公司里面做管理。因为上房置换培养的是全方位的复合人才,而不是只抢单子但专业素质不行的人,所以公司每个员工的竞争力和社会生存能力都不断提高，跟得上企业发展的脚步。其次，上房置换一直主张人员必须适度流动。"换人不如换脑，老是换人，大比例淘汰，对员工队伍的稳定性、凝聚力和企业文化传承都不利，这样的企业走不远。同时由于老员工年龄增大，新鲜血液的补充也是奚智祥一直重视的问题。

奚智祥同样不讳言行业存在的问题：业务拓展受制约因素多，规范服务做得不够，连很多大公司也会出现纰漏。同时，政府和协会应对行业发展加强指导，有明确规划，目前行业开店关店靠天吃饭，对行业发展不利。另外，行业准入门槛太低，有的小中介业务员还是小学毕业，行业地位也没有越来越好的趋向。

从"房嫂"到慈善帮困——社会责任

20世纪，上海经历了两个"一百万"——100万动迁，100万下岗转岗，纺织业大调整致使很多纺织工人下岗，当时上海有1 000万平方米空置楼宇，同时上海市民1 300万人中很多人没有房屋。市房管局、东方房地产学院、上房集团联手，解决这几个难题，实施"小小补贴换新房"。上房置换最初的成立是帮助老百姓换新房，同时解决纺织女工的再就业问题。原先上房集团主要从事公房管理，进行公房置换时，"纺嫂"经过短暂培训转岗变成"房嫂"做房屋置换，帮助普通市民做换房的接待、搭配。

上房置换帮助解决了纺织工人的再就业，而这些"房嫂"从帮助市民换房，到后来住房商品化，经过公司不断培训，又继续从事二手房中介，一做就是十几年，现在的上房置换和成立之初相比已经有很大的变化，当年的房嫂还有不少仍然是上房置换的中流砥柱。接触过"房嫂"的人都对她们的亲和力有很深的印象。一方面本地居民接受度高，交流没有障碍，另一方面她们的耐心和分寸也令人舒心。

上房置换回馈给社会的不光是当年帮助"纺嫂"再就业，这些年来慈善帮困的脚步也没有停止。作为希望书库的热心参与者，上房置换从2002年起就参与了相关捐赠活动，捐赠给云南思茅地区镇沅县的新庄小学一万册图书，并通过希望书库"上海百家企业牵手云南百所学校"活动，和镇沅县者东镇中心小学接对成功，帮助他们建起了希望图书室。奚智祥还带队去过者东镇中心小学实地看望那里的学生，带去电脑、图书、学习用品等。在帮助别人的同时，也在接受心灵的洗礼。除了企业捐款，企业内部还有帮困基金，工会一年70—80万元的费用也全部用在企业员工的身上。

由于有当年公房置换的经验,在政府开发经济适用房等保障性住房时,上房置换也不遗余力地做好配套服务:经济适用房的申报、分配,销售、后续的工作。地产集团从去年到今年开发了400万平方米保障房,这些配套服务上房置换一直跟进。这两年还在动迁安置方面做后续配套服务工作。同时,上房置换也一直积极参与本市住房保障和房屋管理局廉租房、公共租赁房的服务体系的研发工作。

独一无二的企业文化——共享成果

"职工为企业做贡献,企业也为职工服务好。"这是奚智祥眼中本质的企业和员工的关系。上房置换每年评先进、组织疗养、唱歌比赛,让员工感觉到,这里并不只是每天工作的地方,工作起来很舒心。也就是在人性化的企业氛围中,上房置换从1997年走到现在,而上海很多中小中介企业的平均生命周期是4年。

和其他企业把硬性业绩指标和个人去留挂钩的做法不同,上房置换在人员机制上采取市场变化动态考核机制。奚智祥觉得,达不到指标就走人的做法,造成中介行业从业人员的大批流动,对行业的发展并不好。上房置换根据市场形态的不同,制定不同的考核指标,并一直完善佣金分配机制,保证员工的基本收入,在这个基础上做得越好,挣得越多。底薪扣完四金,还略高于本市最低工资标准。

12年前的"房嫂"38岁左右,现在多数在50岁以上,不可避免地产生精力减退问题,同时学历层次不高,比现在的年轻业务员冲劲少些,但是这部分员工稳定性强,流动性小,亲民程度高,能稳定地保持国有企业的高信誉度。"房嫂"是上房置换的立家之本,到现在虽然有很多年轻人引进,但是还是中流砥柱。性格温和、细腻,服务态度和耐心更好,责任心强,从开始接单到物业交付,每一个步骤都要到位,全程参与,同时,公司也加强后台支持和法务咨询,为第一线"房嫂"提供专业支持。

"共享费",顾名思义,是让员工共享企业发展成果。这在上海中介行业中,是绝无仅有的。2010年,上房置换给十几个退休职工补发了从2009年1月份到现在的企业发展共享费。员工为企业做贡献,企业发展的成果也和员工共享。这种柔性的力量,给了上房置换众多员工更加热爱企业的理由。

(何丹丹)

稳定发展一定要两条腿走路

认真做事　用情管理

——访上海臣信房地产经纪有限公司总经理王丽萍

【题记】

　　王丽萍在易居臣信内部接连推行"颠覆行业"的新模式,比如取消中层干部不论盈利与否均按业绩比例提成模式,用三店一店助取代每店一秘书等;当市场处于政策调控、同行业绩普遍不佳时,力推改革的易居臣信却逆市而上,业绩逐月上升,套用王丽萍一句话说:"我们有市场感觉了。"在易居中国这个大平台上,易居臣信作为其中一大业务板块,得到平台的资源远多于反哺给集团的,由王丽萍牵头的"点对点"——二三级联动模式却成功销售了多个楼盘,并成为易居臣信一大经营特色……王丽萍说,我就是认真而已,对自己要求苛刻,对别人亦如此。

　　2010年9月,易居臣信顺利完成新老班子的交接工作。在中介代理行

业摸爬滚打了13个年头,王丽萍自认是个优秀的职业经纪人,从没有因为做业务辛苦而流过一滴泪,但在接手易居臣信头两个月,却偷偷在家哭了两次。

　　她说,接到从副总升为总经理消息时,从女性角度来说,心里抗拒,毕竟在这个行业已经奋斗了这么多年。她奉行的人生哲学是:好好开店,配合执行。2006年易居、臣信合并后,她从易居空降到易居臣信做副总,心中只有一个目标,想做事情,把公司的事情当家里的事情做,可以让易居臣信做得更好。

于是,在随后的 5 年,她将易居中国的多个平台植入易居臣信,比如楼盘代理、数据营销、整合营销、渠道营销等,配合主营二手房业务的同时,还一步一个脚印打开了易居臣信二、三级市场联动、搭建异地推广平台等一系列创新服务模式。

一阵纠结之后,她选择接手,因为想明白了一些事:易居臣信的成长离不开一批宝贵的人才,今后一定是一支优秀的团队和我一起奋斗。眼前,她要做的是改变员工的旧观念,让所有人以家为本慢慢改变,管理层把企业当家,区经理把区当家,店长把店当家。当所有人一心为家,还有什么业绩做不出来?前不久,一名普通的店长写给王丽萍一封信,信的大致内容是如何为公司出谋划策,看得王丽萍很感动。她说,我不是一个人在奋斗。

破常规:用家的心态经营门店

如果你自己开一个门店,你是老板,你会怎么做?

王丽萍说,她会一直提醒员工,让他们以老板意识来经营门店,经营区域,经营行业。

易居臣信在易居(中国)整个业务板块里,目前还不是一个盈利的公司,尚处于生存阶段,而二手房市场最容易受政策影响。新团队上任后,管理理念不是铺张开店,而是把业务抓好,首先考虑抓成本。但其中有几项是不能动的:工资不能少,店面租金不能动,业务员的佣金不能低,其他成本则是能节省的尽量节省。于是,易居臣信颠覆了中介行业中层干部的收入模式行规,将其与易居臣信经营状况捆绑,逐步采取利润制。"中介行业,中层干部历来都是拿固定收入的,然后按照业务员所作的业绩按一定比例提成奖金,不管这个店是盈利还是亏损。而我们却砍掉了这种提成模式。"王丽萍说,将中层干部的收入与门店盈利挂钩,让他们真心地以老板的心态来做事情。易居中国的企业文化也历来是,不管顺境逆境,都不懈怠;不管什么市场,只要努力就一定有收获。结果,新团队上任的第一个月,2010 年 9 月营业额比 8 月上升了 25%。

"有个副总曾提交过一份三个月业务计划书,里面提到每个月上升 20%。我反而劝他,与其这样不如务实点,每个月少亏一点,业绩争取比上月多做 5%—10%。"王丽萍说,目标降下来,大家努力一点,结果二手房业绩每个月保持 15% 的上升速度。

紧接着,改变店长考核标准。从原来的重管理而不考核业务,变为一半

认真做事 用情管理

时间抓管理，一半时间做业务。"不是说为了省5 000元的奖金，而是职业经理人就应该拿出职业姿态，把店当做战场就会千方百计不让它亏损。"王丽萍说。

最后，还改变了中介行业固有的后台服务模式，门店不设秘书。王丽萍打了个形象的比喻，这好比把保姆制变为钟点工。虽说秘书每天的工作量很大，但要具体到做了哪些事，就像保姆一样说不上来。取而代之的是"三家门店一个店助"来解决后勤事务。

接连三个颠覆行业的改变，都是一个目的，告诉员工成本很重要，但不是一味砍成本，而是学会知道成本怎么用，用经营家的心态来经营每一家门店。王丽萍说："中介行业，想赚钱的进来，光想赚钱和不想赚钱的请不要来。无论市场好与坏，我们都要去拼搏。"

上任三个半月后，2010年的最后一个月，易居臣信118个组别、78家门店轻松做出1 000多万元业绩。而以前，154个组、96家门店，只能做到800来万元。"我认为，这个企业已经筑底成功了。"王丽萍说，以前市场一有好转迹象，行家的业绩能立马显现出来，而我们却连反应也没有，一旦市场下跌，我们却跌得比别人更快。而2009年12月中旬开始，因为政策传言而导致市场在年末掀起购买潮，易居臣信也开始"对市场有感觉了"。延用的还是原来那批人，转变的只是他们的观念。

培育人：从钱到情、义的过渡

王丽萍是一名优秀的职业经理人，同时也是位细腻而感性的女性，更是个有情义的人。她总让员工称呼她为"姐姐"，而她则把员工、团队看做自己的孩子。她说，哪有家长不对自己孩子严厉的？

她犹如亲人般地关怀和体贴每一位员工，亲力亲为，第一个月几乎都在下门店。易居臣信的家访制度，就在她的下店中诞生了。

中介行业，从钱到情、义的过渡需要一点点地渗透。做得不够好的业务员看看他们家里有什么事情；做得较好的店长、业务员，我们也去看看，让他们知道我们公司非常感谢这批为公司做出成绩的人；以前做得好的现在做不好的，我们更要去看看，问问为什么，是不是思想有变化，总之，尽量留住人。王丽萍认为，中介行业从钱到情、义的过渡，需要一点点地渗透。"现在，我们每月定期去做家访，我觉得这个渗透，往高处说是企业文化，从实际一点的角度说只是一个母亲的心态，我以母亲的心态看待每一个下属，了解一些他们家人的感觉。家访下来感觉效果很好,家属更加支持,员工也更加努力。"

对于新进员工,易居臣信也改变以前直接下门店的管理模式,改由经理级别的干部亲自带教,这样可以发现好苗子,留下好苗子。新人往往是张白纸,起步时干的是最苦最累的活,三个月下来反而没学到什么本事。王丽萍说,自己也是从新人做起,那时候跟着领导一步步学起,自己带团队时也非常重视手把手教。她始终强调,人对于一个企业来说很重要,带人这个环节不容忽视。10 人一组,每星期由经理级别的干部约谈,也有考试,了解新进员工的真实状况,学到了什么,学会了什么。

此外,王丽萍还开办了一个夜校——臣信 MBA。在案例馆,每堂课都讲一个案例,这个案例可以是成功的,也可以是不成功的,人人参与讨论,没有对错。夜校采取学分制,25 个人一个班,为期三个月,考试合格后颁发结业证书。夜校针对哪些人?自愿报名,业绩好的作为讲师,当月业绩不好的或者碰到困惑的皆可参加学习。

如今,王丽萍还准备筹建易居沙龙。说白了,就是没进班子的,先进圈子。大家通过野餐、聚会等业务活动,相互交流,听听他们的心里话,为培养一批人做准备。

王丽萍说,曾收到过基层业务员发来的短信:"姐,你教我学会怎样做人,学会生存的本领。"在接到总经理任命书之后,也收到好几份来自下属的工作建议和方案报告,其中一个基层的店长写出了一份非常完整的报告,我想他们是真的在为公司着想。他们身处第一线,知道很多细节的东西,有了他们的帮助,我才能当好这个总经理。

树愿景:打造一批职业经纪人

尽管带团队才短短三个半月,但王丽萍的骨子里早已离不开这个大家庭。对于曾经在二三级市场联动创下的业绩,如今却只字不提。若问她心中对易居臣信的未来发展抱有多大愿景?业绩上一台阶、快速扩张是毋庸置疑的。如果有一天,易居臣信有一大批职业经纪人是跟他们的客户住在同一个小区,王丽萍说,这时候易居臣信品牌算是真的成功了。

易居臣信作为易居中国旗下五大板块之一,是不可缺少的业务之一,但目前对集团的贡献并不是太多。用王丽萍的话来说,得到的比反哺的更多。之所以不可取代,是因为在渠道营销上、与客户端接触上,易居臣信站在最

认真做事 用情管理

前线，易居人与业务量直接划等号，这也一定是今后开发商最需要也最看重的模式。更何况易居臣信早已挖掘出二手房市场深耕细作、搭建异地推广平台等一系列创新服务模式。对于联动，王丽萍希望在2011年能够利用集团优势，找到更多适合联动点对点销售模式的项目。作为中介行业经营亮点，将渠道推广模式做得更顺。

同时，易居臣信已率先涉足商业地产招商，其中包括商业定位分析、招商策划、经营等等。目前正在独立运作青年城招商工作，为今后突出商业地产走出坚实的一部。王丽萍还打算引入无店铺销售模式，其中包括招租、高端物业等。

经纪行业必定是市场发展终极目标，因此，易居臣信的主营业务依然是以二手房为主。更何况未来十年内，上海中环以内就没有新房，完全是经纪人的天下。"希望我们的百万元经纪人更多，希望我们的业务员可以买房买车。"在2011年，易居臣信将推出百万元奖励机制，拿出成果与业务员一起分享。对超过百万元营业额的业务员将给予重奖。一点点从业务抓，在盈利模式上希望做到主营业务二手房业绩每月上升。王丽萍相信，2011年易居臣信有了人才基础就会加速扩张，业绩不会低于行业第三。

"除了经纪人具备专业必须的素养以外，我希望可以跟我们的客户平等地交流，这是作为易居的业务员所必须具备的目标。如果有一天，我们的经纪人能够和他们的客户住在同一个小区，有同样的交流圈子，这才是我真正的成功。"

（唐颖豪）

责任在心　简单做人

——访上海合富置业顾问有限公司董事总经理袁敏杰

【题记】

　　"她力量"一直是商界的一个不可忽视的存在。第一次,《房地产时报》试图画出房地产经纪行业女领导者的DNA图谱：相较于男性领导者的进攻风格,她们擅长防守;相较于男性的"英雄主义",她们更强调团队;相较于男性的跑马圈地,她们更长于精耕细作;相较于男性的理性决策,她们更稳健思考。

　　"当年的上海合富正处在逆境,既然集团委任我做总经理,我就不想做个没责任的人,再困难,我也要扛起这个重担!"袁敏杰2009年初次成为上海合富置业的掌门人,这句心里话引起所有人的共鸣。

专心做事

　　喜欢看《三国》、学《三国》的袁敏杰,在接手上海合富的时候,有点像临危受命的境遇。

　　作为广州第一品牌中介的合富置业,2005年进入上海,试水两年后于2007年大规模扩张,发展到90多家分行。2008年,楼市遭遇金融风暴和调控双重危机,此时的合富在人才上青黄不接,由于分行开得多、开得快,后备人才跟不上,前线人员拔苗助长,无法与企业文化融合。加上受到了外力冲击,2008年合富辉煌集团痛定思痛,进行战略

调整，人员培训配合门店整合，于是收缩调整了一部分分行，把人才火种集中在重点分行。

2009 年 9 月，一次意外的高层变动又让刚刚调整好的合富再次进入低谷，不仅经营者面临团队危机，甚至还面临信任危机和生存危机。集团总部经过慎重考虑，决定把上海市场的重任转交到袁敏杰的手上。"我自认是保守的人，没有野心，但既然集团把重任转交给我，我就不能犹豫，无论怎样都要保留合富的团队。"女性挑担需要更大的勇气。当时市场还处于不明朗期，临危受命的压力可想而知。而今回忆，袁敏杰仍轻描淡写地略过。"因为我自己也是做业务出身，从一线业务员到门店经理，再从区经理到副总，一步步地走来，所以我比任何人都更明白这个团队的意义。"在接手以来的一年多里，袁敏杰带领的这支团队开始夯实根基，专心做事。

袁敏杰特别看重门店管理，她说门店是基础，门店好了团队都好了。与其他公司不同的是，袁敏杰认为扁平化的管理更适合公司的健康长远发展，所以把上海区域划分成十几块，区域负责人最多的管理 20 多家，最少的只管 1—2 家，分别直属于总经理管辖。她说："每个人的能力和发展空间都不一样，有些需要得到直接辅导和正确复制，这样管理更有利于成长期的合富。"从一线出身的她，有能力把合富成功的经验复制到每个门店。

从 2009 年至 2010 年 11 月，上海合富门店数量保持在 60 余家。她说，一个正常的中介公司前几年开到 50 家门店是最容易出业绩的。尽管 2010 年也遇到政策调整，但只要人才培育成熟，合富就低调地慢慢开，下一步开到 70 家门店，主要分布在中低档社区周边。

简 单 做 人

女性做老总，要么独断，要么细腻、贴心，袁敏杰属于后者，却也有着自己的"独断"——简单。做人要简单，做事要简单，讲究效率，不允许任何人"踢皮球"。

袁敏杰说，我们中国人有句话，傻人有傻福。这里的傻是指单纯。人单纯了，干事的过程就简单了，多复杂、多重大的事也就容易干成了。所谓"世上本无事，庸人自扰之"，也就是不要把简单的事情复杂化，简单的人会始终如一地追寻目标，日复一日，把简单的事情做到极致，他们就不简单了，因为他们成功了。

所有后勤部门都明白他们是为业务部服务的，业务部是为客户服务的。

部门与部门之间相辅,人员与人员之间少些隔阂,多些合作。每次遇到公司做决策,合富的管理层齐聚,商讨后投票决议,而非袁敏杰一人独断。后台部门接到业务部的电话,即便是无关人力资源、门店管理等部门的事务,也第一时间咨询后答复,省却中间辗转的环节。

担子挑了一年多,袁敏杰从没有感到后悔。她说,作为职业经理人除了为股东尽责,为公司创造利润,还有另一份强大的责任,那就是经营好这个公司,让每位员工都能赚到钱,生活快乐,所以只要听到员工说合富的种种好,就是最欣慰、知足的时刻。有些离开合富的员工在外面转了一圈又回来了。中介行业外地人多于上海本地人,一旦开不了单,生活上经济压力就特别大。在合富,有着明确的奖励和晋升培养制度。在对业绩突出的员工予以常规奖励的同时,袁敏杰还参与创办了合富群英汇,用这一特殊的形式来满足他们对于荣誉感的需求,从而激励他们更进一步做强业绩。在 2009 年一年中,上海合富开先河,奖励了三辆车给业绩突出的个人。但除了物质奖励,袁敏杰更重视精神鼓励。开展培训,其中有专业培训,如谈判类培训;有团队激励培训;针对中层干部选人用人、执行力、商业战略培训等;关心生活,很多人第一、二个月开不了单就走了,但第三个月最容易开单,对一些一线员工给予一定津贴鼓励他们开单,扫却中介人情淡漠,给以家的温暖;建立读书分享会,鼓励员工在生活中有所收获。

合 力 成 团

尽管市场多次调整,但竞争却越来越激烈。如今,100 家、200 家的中介公司纷纷出现,上海合富的竞争力在哪里?袁敏杰说,如今房源、客源大家都一样,除这些硬件外,团队协作才是竞争力。市场上,单打独斗的中介很多,就连分行内部也为争夺自己利益做事,无团队精神。如果每一位合富人在各自的岗位上尽职尽责,打好这份工,那么合富就将变得无比强大,任何事情都无法阻挡合富发展的脚步。

谈到团队,袁敏杰说,许多中国人认为最完美的组合是三国时期的刘备团队,有诸葛亮这样的一代名臣,也有关羽、张飞、赵云这样的千古名将,简直是梦幻组合。但是仔细想想,都是精英的团队未必能成大业,真正的好团队应该是唐僧团队。为什么这么说呢?因为唐僧是领导者,他意志坚定、目标明确;孙悟空是专家、业务精英,能力超强;猪八戒是协调者,是团队的润滑剂,有矛盾靠他协调;沙僧是劳动者,埋头苦干,任劳任怨。他们师徒四人各司其职、取长补短,这样的团队才能克服万难取到真经。

袁敏杰希望每个合富人都建立起合富置业的信仰,共同努力去实现自己的梦想。2010 年,除了延续以往的内部常规活动外,合富置业还开辟外训活动。所谓外训是针对内训而言的,是指在户外进行的业务培训与训练活动。袁敏杰认为,这一活动可以激发员工的潜能,打破他们在工作中的心理障碍,也可以让不同分店的负责人在活动中相互认识,增进沟通,这对以后不同区域分店的相互协作和团结起到促进作用。"房产中介行业人员素质参差不齐,竞争也很激烈,大家单打独斗的能力强了,但是团结协作的意识弱了。如果员工把分店当成自身的事业来经营,同事之间相互合作,那么无论是对他自己还是对公司品牌而言,都是一股很好的力量。"

袁敏杰说,我们都是平凡的人,平凡的人走在一起做不平凡的事,这就是团队精神!一个人在黑暗中行走,会害怕,但是成百上千人一起在黑暗中手拉手向前冲就什么都不怕了。在一个团队中,大家不仅要人在一起,心更要在一起,各施所长,发挥才华,朝着同一个目标努力,这样的团队离成功还会远吗?

先 强 后 大

展望未来的发展,合富置业将先以做强为主导,再做大,最后目标是成为行业龙头。因为"大而不强反受其害",不能一味追求做大而忽略根基的强壮,这绝不是一流企业的发展之路。

"对于每个门店,我都会问,抢到了多少市场份额,合富分行所在的每条街每个区是不是都排第一? 人均业绩是否排名第一第二?"袁敏杰很在乎根基稳不稳,"如果我们每月成交量的环比都高于整个市场成交量的环比,甚至高于行业第一的公司,就说明合富没有输,因为规模有可能是靠钱'砸'出来的,但实力是自己拼出来的"。从 2008 年起,上海合富就开始走"社区路线",对刚性需求比较集中的区域布点不吝精力。2009 年,在这些区域继续布点,其单店成交效率已经跃居全市前茅。而今后,上海合富在巩固已有地盘的同时,仍将继续热捧刚需集中区域,积极在松江、闵行等中外环间区域增店布点。袁敏杰对于这种部署自有独到的见解,其一,楼市调控已经成为一种常态,但刚性需求不会总是被政策打压;其二,近些年上海的购房需求一直非常旺盛,刚性购房需求更是占了相当大的比例。从近三年新盘的预计推盘量来看,供不应求的状况仍将持续,二手房势必成为购房者的置业目标。所以,老百姓走到哪里,上海合富的门店就开到哪里,布点都在刚需点上。

在开到 100 家门店之前,合富做的是根基,让业务员有更多的实战经验,让门店成长在交易量最多的区域。袁敏杰说:"北京链家就是三四百家店,他们的策略也是走社区策略。"所以,这两年上海合富在市中心门店开得比较少,例如在宝山区,现共有 16 家门店根植于老工房周边。2010 年继续深入闵行,同时向浦东三林世博板块和南汇板块延伸。对于每一家门店,袁敏杰都下了硬指标,市场份额排在前五位,单店业绩必须是最高的。

第二步,等 100 家门店成形站稳后,慢慢考虑渗透到市中心次新房区域,或者向更外围尚未开发的地区发展。

"我们做的是老百姓的生意,要稳扎稳打深入群众做好服务。"袁敏杰说,合富置业要踏踏实实走好每一步,希望合富置业的每一家分行都能成为当地板块内最强的,数一数二的。

(唐颖豪)

责任在心　简单做人

选择最合适的人打造团队

——访上海永庆房地产经纪有限公司总经理陈史翎

金桥
JINQIAO

【题记】

　　陈史翎最初志不在房地产中介行业，只打算念完大学服完兵役就离岛去外国读书。想在出去前磨练一下自己，就误打误撞进了永庆房屋，结果，这一做就是 20 年。在永庆房屋，他从一个害羞内向的年轻人，转变成率领员工不断拼搏的企业领袖。

　　和台湾同业比起来，永庆房屋进入上海市场不算长，但是，2005 年就在上海生根发展的永庆，却一直给同行甚至是台湾同行"神秘"的感觉。

选合适不选最好

　　和很多台湾房地产中介行业一样，永庆房屋也倾向于自己招聘新人并培养成优秀的中介人才。永庆房屋业务部门的员工，不论职位高低，共同的特点就是都在基层待过，员工升迁也优先考虑在永庆基层打拼过的伙伴。

　　在永庆房屋，随时随地能听到"学长"、"学弟"、"学姐"、"学妹"的互相称呼。永庆房屋在企业中营造起了家庭的氛围，把企业和员工定义为共同发展的伙伴关系。这种从源头就开始的互相认同感，别的单位很难挖角，必须把员工一路培养上来，才能形成这种内生的凝聚力。也正因为这样，永庆房屋很少因为人员流动跟其他同业企业产生矛盾——别的公司做过的，永庆不要；永庆出去的，不习惯别的公司。

当然不是别家公司的员工不好，也不是永庆的员工适应能力差，是因为永庆房屋有独特的用人标准。

陈史翎坚持，招业务部门的员工尤其是招新人，不选名校的、不选第一名的。"我们这行是做服务的，一定要有服务心态，名校毕业和第一名的学生，习惯了被人羡慕，心气容易变高，这样的人很优秀，但并不适合做服务业。"曾经有这样的人来应聘，陈史翎告诉他："以你的能力和特长，可以找到更适合你的工作，永庆房屋和你的特质不符。"

一个企业一定要有文化的支撑，永庆房屋的文化是坚实共好、心存感恩。公司要求学长学姐对学弟学妹的帮助是无私无偿的，接受帮助的人，将来也一定会把帮助传递到下面。因此，这样建立起的尊重不是因为利益的分配，而是无私的教诲。

有了这样的文化根基，适合永庆的新人更容易发挥潜能。陈史翎就是个最生动的例子。他刚来永庆时不太会和陌生人打交道，第一次拜访客户，紧张地在门口连抽了三根烟才鼓足勇气按门铃，恰好客户不在家，他如获大赦般赶紧回去了。在同批进公司的员工里，他是唯一一个前半年做不出业绩的人，"放在现在肯定被骂死了"，他大笑着说起这段经历。

当时的陈史翎虽然害羞，却有着其他人难以企及的诚恳，不少客户虽然没有马上从他手里买房，但都非常信任他。同时，团队为他弥补了不足，不久他的业绩开始启动，成交一单紧接着一单，客户买完房子还会介绍亲戚朋友找他买房，业绩一路突飞猛进，他在台湾永庆领导团队创下的销售纪录，至今无人能破。

要尊重不要挑剔

陈史翎的经历很好地诠释了永庆房屋的用人之道，让每个人发挥特质、做口碑生意。房地产中介行业的经纪人一定要心态好、诚恳，人和人之间如果有了信任，就能降低对业务能力的依赖。

他举了个例子，如果爸爸推荐儿子买件东西，儿子不假思索就买了，如果是陌生人推荐，就会不断比较之后才放心买。建立起信任，就可以缩短业务时间。

经纪人的优秀在于能满足客人的需求。陈史翎看来，每个客户都有不一样的需求，他有情绪的发泄或不合理的要求甚至天马行空的想法，经纪人都要尊重他，最终协助他达到目标。经纪人不能选择客户的需求，更不能选择客户。很多时候，挑剔客户就是放弃业绩。

房屋买卖过程其实是和客户不断沟通和调整的过程。客户需求一直会变，经纪人有没有在客户调整需求时跟进，是成交的关键。更高明的做法，则是创造客户的需求。

比如，客户要买徐家汇板块总价600万元、房龄3年的三房，但是整个区域没有这样的房源，要在这个区域买到房，要么降低要求到房龄6年或是改买两房，要么总价追加到800万元，这就形成了他的第二个需求。优秀经纪人会一直紧盯客户的需求变化，谁最先发现客户的需求变化了，谁最先创造了他的新需求、帮他规划、建议他买哪一种产品，谁就成功了。而成功的基础必须是了解客户和被客户信任。

有的经纪人稍微接触下客户，觉得这个客户要求太多，马上换新的客户。其实客户最后肯定都会买房子，带看了却没有成交，是经纪人的问题。有的经纪人客户多得带看不过来，有的经纪人每天换客户，其实都是做碰巧业绩。以客户为导向的经纪人，会倒吃甘蔗越吃越甜，业务越做越好；做碰巧业绩的，做一年和做十年，业绩差别也不大，因为他跟客户没有感情，就没有老客户的业绩。

在这样以客户服务为导向的理念下，永庆房屋允许经纪人有公盘私有的额度——老客户委托了熟悉的经纪人挂牌卖房，可以申请由这个经纪人专卖。

重团队不重英雄

罗素说过，参差多态，乃幸福之本源。一个行业的参差多态，也是永续发展的本源。有的企业鼓励员工互相竞争，有的企业要求员工独立作业，在永庆房屋，团队力量是一切的核心。

相比起一呼百应的英雄，永庆更倾向于选择追求稳定的人。有的新人志在将来创业做老板，这样有明显的英雄特质的人，并不适合永庆房屋。除了管理后台，第一线的业务人员极少有出身一流高校的。永庆选择的员工，更喜欢稳定的环境，外人看来就感觉很低调、不张扬，甚至觉得不机灵。但是就是这样一群看来不那么优秀的人，在永庆房屋组成了优秀的团队。

美国西南航空是全球几十年来唯一不赔钱的航空公司，人力资源的管理经验被写入了哈佛 MBA 的案例。西南航空的员工很少有个人水平非常优秀的，他们认为中等水平的员工不凸显个人主义、更求稳定、更容易培养服务心态，所以中高阶员工离职率很低，公司的策略由此得以延续。

永庆的团队也是这样，分开来看，每个人好像不那么聪明和优秀，但是这些员工的受挫能力更强，在行业不景气的时候能定得住，不会轻易离职。这一点，对一个成熟的业务团队相当重要。作为团队的一员，只要有一个方面特别突出就能发挥作用，创造业绩。比如，这个人思维敏捷，进退有度，就经常被同事叫去帮忙谈价钱，那个人开发房源的能力很强，会及时推荐给有合适客户的同事。在永庆房屋，一套房源成交，可能有很多人参与，虽然人才不是全能的，但是通过精细分工，团队组合起来业务实力就变强了，正因为这样，永庆房屋的离职率在行业景气和不景气的时候，差别不大。永庆鼓励员工发挥自己的长处，互相帮忙、良性竞争，建立团队环境，不适合团队环境的人会觉得受到限制甚至融入不到团队里，往往自己选择离开。

做深耕不做急进

上海市场很大，而永庆的门店数并不算多，要实现综合效益提高，企业必须适度扩张。事实上，面对从 2009 年底到 2010 年频频降临的调控，市场形势起伏不定，永庆房屋也在不断调整。企业发展要建立在对大势的准确把握上，尽管有扩张需要，但是形势不明朗时冒进，会给企业增加额外的压力。做大之前必先做强，永庆房屋把目标放在深耕上——深耕社区，做小区房地产的咨询顾问。

永庆房屋提出了专业服务小区的目标。尽管目前永庆的门店里有相当完善的房源索引系统，客户可以自己 DIY，设置条件搜索满意的房源，但是永庆的眼光并不只盯在此刻的成交上，将来在一个小区卖过房子，就要专门有经纪人继续做小区服务，每个门店主要服务方圆 200—400 米的小区。要对小区所有情况了如指掌，不论高中低档房源都可以做，关键是成为业主心目中的小区专家，获得社区认同、参与小区生活。

这种深耕不急进的态度当然不是无源之水，永庆房屋这种"沉静"的特质，做业务时也更让客户放心。2010 年 8 月，有个卖家挂牌一套价格非常便宜的房子，买家要求马上付定金，但是经纪人坚持做完产权调查和产权人的审核再付，买家还责怪经纪人会害他买不到。后来审核卖家的身份证时，发现号码和登记的户籍地址对不上，拒绝为这套房源寻找买房客户，避免买房客户遭受损失。类似的例子还有很多，永庆房屋甚至因为坚持安全，得罪了企图诈骗的人而受到威胁。这样执著而不急进的态度，让永庆房屋在行业里树立起了口碑，至今仍是少有的零投诉中介企业。

（何丹丹）

颠覆传统中介模式的超越

——访上海德佑房地产经纪有限公司董事长兼总经理邵非

【题记】

　　德佑：正解，传递真诚、德以佑人。批注，在德佑地产，德佑是个形容词，用于夸奖和褒扬：做对事、做好事，员工之间会说："做得很'德佑'。"做成事、做好人，员工之间还是会说："你很德佑。"从2002年成立至今，德佑选择了一条很多人走过的路，却选择了一种不同的方式去完成。董事长兼总经理邵非自嘲说："很傻很天真。"因为德佑是真心想做好服务，并不急功近利追求个人主义，所以也不在乎同行异样的眼光，每一步走得都很坦荡、很稳重，而且步子越迈越大、越来越快。

起步：单枪匹马闯江湖

　　从西安交大毕业的邵非，只身上海闯江湖，误打误撞进入了中介业，也"误"出了如今的德佑地产。

　　2001年，邵非当了一名奔走于一线的中介业务员。用他的话说，学的是机械工程，顺利地进入国企，干起了学以致用的老本行，但人的心思却飘忽不定了，不想就这么过一生。于是，他潜入了房地产中介行业。但在当时，因为中介是个地位不太高的行当，所以从业的多数是学历不高的外地人，一个名牌大学生自降身价做业务是需要不小勇

气的。虽然，每天日晒雨淋"扫楼、访街"，但却交到不少朋友，也做出了小小成绩。

短短一年后，2002年5月，因为个人业绩出色，邵非自立门户，创办德佑地产第一家门店。邵非说，他的想法很简单，1年多的业务做下来，渐渐摸熟了房产经纪之路，掌握了一定资源，就想挖掘自己在经营上面的特长。而对于德佑地产这一名字的由来，邵非说："其实想了三个月，想不出来，后来翻英文字典的时候翻到一个词Deovolente，拉丁文，中文音译过来叫德佑沃伦，拿去工商注册，却阴差阳错地变成了德佑。"德佑的诞生也就这么简单。

"出身"于静安区，成长于静安区。邵非带领的德佑团队一步一步脚踏实地服务，从市中心高档房做起，用口碑换来了很多的"回头客"，接着第二家、第三家分行成立了。到2007年3月，拥有13家门店的"德佑地产"，才真正树立起品牌。也就在这最初的创业期，德佑找到了自己的经营理念——上善若水、德以佑人。

破茧：独创"长＋短"机制

在外人看来，邵非的事业顺风顺水，但其中的艰辛只有他自己知道。这就好比他刚刚越野穿过巴丹吉林沙漠回来，白天在玩命，晚上睡"天堂"。德佑也走过一段不为人知的弯路，刚创立时，德佑由于决策失当，成本高企，一度陷于严重亏损的境地。

"由于是个人起家创业，在资源、人脉上受到很多限制，也就很难像大企业那样一蹴而就。"于是，邵非陷入思考：为什么业务员都如此浮躁、急功近利？为什么市场对中介行业的认可度那么低？为什么老百姓说起中介就要加个刺耳的称谓"黑中介"？外在因素让这个行业存在"先天不足"。一是市场准入门槛低，造成行业浮躁，不仅一线业务员，就连门店经营管理者都很浮躁。加上房地产行业是个成长行业，多数人只注重短期经济利益。二是人员受训不足。不少外地员工刚到上海没几天就接触业务，与行业本该有的专业度十分不匹配。

这些既是行业问题又是行业机会，谁能解决谁就有市场优先权。善于学习和思考的邵非，借鉴了其他行业的股权激励制度，独创出一套适合房地产中介行业的"长＋短"机制。

长效激励机制——合伙人制度。经纪人养成到一定程度，成为业务骨干后就有机会成为新开店面的"店长"，并拥有门店30％的经营权和分红权。

这使得德佑在发展中,吸引和稳定了一大批优秀的基层管理者。

短期员工培训机制。德佑对员工筛选比行家更为严格,一旦被录用则会得到企业更多的培训投入。比如新员工入职学历要本科以上,且在人格品质上经过一定的考核;从入职起公司即介入职涯规划,"德佑学院"系统、全面的教育养成等,致力于培养为高端客户服务所需的专业素质。

邵非把 2002 年—2008 年称为德佑的成长期。因为在这期间真正成长起来的规模公司不多,中原地产、21 世纪不动产等品牌都在做整合,个人很难脱颖而出,但合伙人模式把市场的合力集中到了德佑身上。

转折:机会来了要抓住

2008 年是德佑奋斗史上最为关键的一年。也正是在这一年,德佑打了一场漂亮的"冰河战役"。

2008 年初,走过 6 个年头的德佑沉淀了大量人才和资金,却发现找不到合适的店铺来拓展。接着,金融危机来了,各行各业都在收缩,没有一家中介扩张,德佑却毫不动摇地拓展。理由只有一个,抓住市场机会。有人才,又能找到好店铺,更相信市场的前景。"我记忆犹新,镇宁路上一个门店,在市场好时,光转让费就要价 80 万元,也不一定拿得下。金融危机后,几个月没人接盘,德佑没花一分转让费拿下。"邵非说,包括之后的滨江店,也是在这个时期拿下的,这两个店接连成为 2009 年德佑的 TOP 店。但当时,压力巨大,一边是严峻的市场,一边是接连开店,资金压力骤增。负责其中一家新店装潢的装修公司担心白做,不停地问:"你们怎么还开店?""最困难的时候 20 家门店只剩下 15 万元流动资金。一个月开销就是 200 万元,再下去就得卖房卖车。"邵非说,所有德佑人都把这一时期称之为"冰河战役",主管们主动要求停薪三个月,为的是不影响前线作战。庆幸的是,停薪才两个月,市场在调整了 5 个月后就一下子复苏了。这一战,让所有中介备感煎熬的 2008 年成了德佑最快发展的一年,规模翻番,逆势成功进入镇宁路、陆家嘴、古北、徐家汇等几个标志性地段,门店数 30 余家。

2009 年,这些店铺在推动经营业绩增长上发挥了巨大作用。加上市场火爆,德佑加快开店速度,到年末,规模又扩大了将近一倍,目前遍布市中心的门店数达到 55 个,共有 110 多个业务团队在为客户服务。

当二手房业务做到足够强的时候,德佑的中高档市场渠道优势便凸显,其他业务也就变得不那么难了。2009 年成立的商用物业部,从 1 个团队扩容到如今的 6 个团队,商用物业业绩夺行业第一。项目代理部的华山夏都、嘉里华庭等高档楼盘,业绩均超出对手。2010 年 8 月代理新客站核心的中心铂庭,竞争对手还来不及反应,两天就卖了 110 套。

超越:小规模聚大能量

曾几何时,这个拥有 50 余家门店的德佑地产在规模上还算中小型,但它的名声却已超越客户圈,成了中介同行口中的"黑马"。甚至有人传言,香港中原创始人施永青一度点名:"不可小觑德佑。"因为德佑拥有惊人的业绩,佣金收入排名第三,这意味着只有门店规模数在德佑的 3—4 倍以上,才有可能在佣金收入上超越德佑。

在外人看来,这样的成绩来自德佑在业务上定位于中高端,单个案例佣金额高。邵非却否认,他说,虽然我们个案佣金偏高,但是高端成交量有限;这是德佑人传递真诚、团队协作所带来的高产能结果。

现在市场上有两种经营模式,一种是台资,一种是港资。台资公司很强调团队内部的合作,它对员工的激励和员工的个人规划做得很好,但在企业的利润分享方面却过于保守。港资公司把成交放在第一位,它对员工有一定的物质激励,但主张的是胜者为王败者寇,因此,他们员工的社会责任感不够强。

德佑强调的是对客户诚信,员工之间和谐。比如对业务,德佑地产有两条不准逾越的规则:一是第一意向顺位。第一组业务员先收取意向金,即便第二组业务员的卖价更高,也必须过了 24 小时以后才能转交意向金,为的是避免以小团队利益而伤害整体利益,更反对员工为做单而丧失道德底线。如果在其他公司,不同门店、不同组别的业务员可能会为了这个单子而争抢。二是绝不允许超额收佣,即便是服务内容超过客户预期。邵非说,这考验的是一名员工的商业道德底线,因此在德佑地产老客户的回头率特别高,有多次购买的,有介绍新客户的,比例高达四至五成。又比如许多经纪公司对业务员"藏盘"、"泄盘"等现象习以为常,但德佑经纪人却树立了自己的理念,公司建立了赏罚严明的制度,第一时间向共享平台上传手头的客户和房源,让所有的客户得到最有效的信息配置。

在德佑还有一种特别的"助攻文化"。助攻原指篮球比赛中协助队友得分的行为。在德佑,助攻者享有最高的荣誉。当一个经纪人在给一个客户服务时,另一个客户过来找他,这时这个经纪人的同事就会主动代他来给客户提供服务,大到带看、收意向、转定金等,小到端茶递水等。这就是"助攻",完全不计报酬。同行都觉得"傻",但德佑人却回答说大家都是这样做的,"助攻"的核心就是"我为人人,人人为我"。

蜕变:要颠覆传统方式

彼得·德鲁克的一本著作《卓有成效的管理者》颠覆了人们通常的"管理者"的概念。在邵非身上,也有着这样一股强烈的颠覆愿望,这就是带领德佑颠覆现有的中介格局,把德佑做成一家卓越的百年企业;颠覆经纪人劳动密集型的作业方式;颠覆房地产经纪行业带给人们的"黑中介"的印象。他反复提及,做企业有两种做法:一种是赚钱,另一种是有愿景,影响了多少人,影响了他们做什么。德佑这个平台改变了一群人的生活,并帮助他们实现了愿景。

眼下,邵非最想强化的还是经纪人培训。经纪行业培训体系与其他行业不同,很难将不同时期人员集中起来培训。而美国同行通过线上授课,集中观看培训视频,这种培训灵活,有针对性。"德佑一直在开发这种课程,线上线下同时开展,让所有课程都能做到门店自主学习,经纪人更可随时随地学习。"

其次是,改变经纪人简单的作业模式。现在的经纪人每天要工作很多时间,打无数个电话,通过人海战术来完成业绩,属于劳动密集型行业。未来,信息化一定会颠覆整个行业。所以,德佑2010年组建了30—40人的IT团队,预备每年投入几百万元用于开发内部软件系统。"希望今后经纪人是靠服务打动客户,用商业智能化促成信息配对,用专业完成交易。"

现在的德佑以中高档二手房租售业务为主,门店主要分布在市中心。下一步,德佑会向外圈发展,但围绕的仍然是各区域的中心、各板块的高档房。德佑不会特意发展一手房代理,但却有信心当二手渠道足够强时,售楼中心就会主动延伸过来。"很多时候是市场推着德佑在走,更何况中高档市场更关注服务。"

(唐颖豪)

颠覆传统中介模式的超越

"每次调整都是机遇和挑战"
——访上海太平洋房屋服务有限公司总经理杨彬

【题记】

    杨彬接任太平洋房屋时，正是公司最困难的时候，收缩到 18 家门店。扛着大旗一路走过来，每一年企业都在走上坡路，现在发展到加盟店 60 多家、大店 20 多家，从进入大陆市场到现在，风雨兼程 16 年，北京、上海、青岛三个城市直营店和加盟店总共 190 多家。"我的办法就是埋头做事，不管结果，太平洋给我个人也提供了很多机会。"杨彬的身上既有哈尼族女性的豪爽和感性，又有台资企业管理者的坚韧和低调。

对企业——管好自己、理顺别人

    "管好自己，理顺别人"，这是杨彬给管理下的定义。这句话，太平洋的员工再熟悉不过，在例会上、培训课上，杨彬都不止一次地提到这八个字。面对目前萧条的二手房市场，人心异动，管理更是中介公司的重头戏。

    面对同行的挖角，杨彬的心态是矛盾的：一方面很揪心，一方面很骄傲。揪心的是有些优秀员工离开，骄傲的是太平洋的员工能力出众。市场好，员工忙着赚钱，市场不好，钱赚得少，公司就给他们充电——读书、培训。因为现在行情不好，收入主要靠固定工资，员工心态不稳定。稳定老员工、增加新血液就相当重要。一方面,招新人是为将来的发展储备力量,另一方面,新人的十足干劲也能激发起老员工的积极性。

连续9次蝉联金桥奖的太平洋房屋,在管理方面累积了许多经验,不仅建设自己,还为行业建设和行业规范的制定做了很多。房地产经纪行业协会的诚信教育,杨彬最早参与,从课堂版到光盘版到网络版,杨彬给经纪人讲课,录制光盘、视频,诚信经纪人从一开始发展到1.8万人,还在不断增加。

其实,不论是诚信教育,还是信息服务体系,太平洋房屋都走在前头。管理后台也在一直关注每个月的成交,一方面是为发展做准备,一方面要找出和别人的差距。杨彬说,她付出的心血很多,很热爱太平洋。面对成就,却一直说还有不足,下阶段主要是抓服务细节,"因为冬天来了嘛,有'虫子'要抓一抓"。

面对市场调控,太平洋在两个月前就把员工薪资向上调整,各部门精细化管理,甚至前台秘书礼仪规范都要做好,同时总部和流通部的经营配合,多开发多抓基础。对于政府调控,杨彬没有表现出一点情绪,却坦言每一次调整对太平洋都是一次机遇和挑战。比如2008年全球金融危机波及房地产业,太平洋房屋招募了很多大学生,这些人现在都成长为太平洋的骨干。

对客户——专业水准、尽心服务

为了把矛盾降到最低,太平洋收佣金的时间都比较迟,差不多交房了才收,因为太平洋认为,如果一成交就收佣金,后面可能会带来很多矛盾纠纷。

服务行业不是一般人认为的低人一等,从业人员的心态也决定了在这一行能做多久:领导者严格要求自己,对每一批员工,也要求必须尊重行业规范道德规范,并把规范操作意识深植到企业文化当中。太平洋在员工素质和服务品质上严格把关:职前培训考试保持了75%—80%的高淘汰率;尽管每个店每年多出几十万元的成本,还是坚持接入10兆独用光纤和6个高清晰摄像头,监督员工规范操作,员工对客人态度怎么样,一目了然。只要是客户投诉到总部,绝不为自己的员工辩解一句,一定会帮着客户说话,最大程度地保护客户的利益。

在目前政策调控阶段,中介服务的专业程度和品质高下显得非常重要:能不能给客户专业意见,能不能帮助客户顺利成交,都直接关系到客户的实际利益,一定不能掉以轻心。中国房地产市场投资客的比例在15%—20%,

上海市场比例更高。现在太平洋房屋主要分析这部分卖方客户,有的有资金不急卖、有的缺资金想卖又怕涨回来,还有的人有"最后一棒"心理。专业的业务员就能根据经验和专业素质提供专业建议:什么时候卖掉,卖掉几套能降低风险,什么价格容易成交,什么时候再买进更合适。

　　而对买方客户,业务员会提醒他什么时候是比较好的买入时机,交易、贷款环节出现问题的时候,会第一时间和法务部门、交易中心、银行等沟通,为买方客户在上海安家尽心服务。正因为这样专业、细致、真挚的服务,客户对太平洋非常信赖,甚至有的业务员晚上11点钟发现了合适的房源,第一时间打给买房客户,对方都非常高兴,丝毫没有因为被打扰而生气。

对员工——严格要求、真心关爱

　　作为总经理,杨彬曾经能叫出每个员工的名字;作为副总经理,熊智诚每个工作日站在公司门口,迎接员工上班。杨彬说,身为领导就是要比员工做得好,有错误勇于承担并改正。

　　对服务业者来说,服务态度和服务品质是生命。太平洋在近乎苛刻地要求员工优质服务的同时,不管市场好还是不好,对员工的关爱都是一贯的。世博期间,公司给每个员工都发了世博园的门票,分批去世博园参观,主任级别以上的还能带家属,主任级以上携家人5天游,一般的员工3天游,甚至细心到连世博护照都一并买好,因为"太平洋走到现在,发展的功劳有每个员工的付出"。

　　正是因为感念员工的付出,太平洋房屋员工与员工,上下级之间的关系是融洽而真挚的。徐罡,在太平洋房屋从普通业务员做到店长,这个东北男人开年会的时候抑制不住掉了眼泪。他曾经因为性格刚烈,在接待一个难缠的客人时发生了推搡,被杨彬严肃处理连降三级,从高级主任降到最底层,也曾经因为各方面出众,又在短短一年时间后,被批准破格提拔为店长。从进太平洋之前什么都没有,到现在在上海有了房子,结婚生子,家庭美满,徐罡经历了太多,而收获更多。

　　在员工心目中,杨彬有很强的个人魅力,容易亲近,她对每个店长的脾气、个性、能力都了如指掌。中介公司里,总经理亲自给员工培训、上课的并不多见,太平洋就是不多见的几家之一。杨彬不仅给中层以上员工培训管理艺术、带队技巧,连基层业务员的职前培训、诚信教育等都亲力亲为,讲起课来激情洋溢。平时巡店和电话联络时,员工有疑问,她都乐意回答。即使是一个最普通的业务员,哪怕是半夜遇到问题,通过一级级领导上报,总经理、副总经理都会亲自打电话过问。

5年前杨彬买了套房子,本来是给女儿读书住的,后来女儿不住了,她就拿出来作为奖励,让业绩做得好的员工住。很多员工结婚了都请她来做证婚人,有的员工买了车第一个想到的就是来载杨彬,有的员工生小孩、搬新家,也都请杨彬来分享喜悦。

对人才——扶植发展、给予空间

太平洋房屋的感召力不光是领导者和员工之间的感情,企业在制度和文化上的吸引力更是让不少已经离职的员工念念不忘,兜了个圈子,又回来。金沙店店长李群就是其中的一个。

李群是安徽亳州人,黑黑的皮肤。2007年5月,从合肥来到上海。第一份工作就是在太平洋房屋龙柏金汇店做业务员,一年半以后做到主任,因为个人原因离职回家,也尝试过在别的经纪公司工作。2009年5月又回到太平洋,但是按照规定,以前的级别一笔勾销,他又从最底层的业务员做起,半年后升到金沙店代理店长。

在他看来,太平洋的管理更严格,这个"严格"不是给员工条条框框的制约,而是每一个上级对下级的悉心规划和指导。新人刚来时容易迷茫,主任、高级主任、店长,甚至更上一层的襄理,都在他一路成长的道路上及时指引和点拨。同级别的店长之间,公司也鼓励经验分享和共同解决问题,新店长遇到的问题,老店长都会从自己的经验出发,给出很多建议。管理层对员工、上下级之间、同级之间,互相培养和鼓励发展,渗透在公司的日常运作中。

如果说,李群感触最深的是公司对个人发展的细致规划,比他更高一级的襄理王庆帅感念的则是公司给个人发展的无限空间。

王庆帅入行3年,说话语气很温和,骨子里却有些执拗,从他不顾家人反对,从沈阳一家国企辞职开始,就很明确地知道自己要的是什么——实现自我价值。来到上海,进入太平洋房屋,从职前培训开始,他看着周围的人不断被淘汰,意识到自己面临优胜劣汰。做新人时,店长鼓励他不要老是听别人的,多尝试自己做,有问题随时问。他头一次觉得自己被重视。身处一个不断向前的团队,他很快融入公司的"旗手文化":跟着旗手义无反顾地向前冲,要么流干自己的血,要么自己回家哭。

11个月从新人升任店长，除了努力，没有别的成功捷径。别人的经验、专业知识、新的信息他都记在一个本子上，积累学习；也在夏天的晚上，守在无法促成成交的房源小区，一边和蚊子奋斗，一边数清楚多少家亮灯，统计小区的入住率，说服业主降价。同时，太平洋注重团队战斗的理念也深深影响着他，做店长时也曾经壮士断腕般开除一个已经做到主任的业务员，原因是严重影响了团队的向心力。

徐罡、李群、王庆帅，这三名员工，只是太平洋众多优秀员工的缩影，尽管个性迥异，但他们三个人身上都有太平洋企业文化中的拼搏、谦逊的特质。

对未来——迎接风雨、收获彩虹

上海房产税方案报中央的消息出来以后，太平洋北京有的门店成交单价直降1万元。但16年风雨兼程的太平洋，经过了洗礼，资金还是很雄厚，杨彬信心十足地表示不会关店，同时保持一贯的低调作风，多在业务方面下功夫，用专业判断帮助客户理财。虽然交易时间会拉长，但是"没关系，我们会厚积薄发，因为目前的收益项和带看有增加"。

对企业前景的信心，源自对行业形势的理性判断和企业风雨中锤炼出的抗风险能力。杨彬分析，这一轮恢复起来，又是报复性反弹。从2009年到2010年4月份，开发商资金充裕，中介盈利可观，太平洋去年交易量是50亿元。市场再不好，大公司也能撑个一两年。赚到钱的品牌中介不会这么快就关门，但是三个月以后，小中介可能就撑不住了，预计9月份左右中介业将发生大变化。

行业低谷已经到来，而且周期可能持续不止一年。太平洋早在两个月前就开始收紧，2010年本来打算新开8家门店，现在开了两家就不再开了。市场行情持续低迷的时候，太平洋奉行稳定当中求生存的战略。精细化管理，提高服务质量，是目前管理层的重点工作。

太平洋不挖角，一向招募新人，等培养出店长，还是要开店，但是会开得比原来更精深。跟别的中介公司发生摩擦，也尽量把摩擦降到最低，尽量吃小亏。开新店前，都要拜访同一区域的同行业企业，同时，不惧同行竞争、不认输，在细节上服务上严格要求自己。房地产经纪行业协会选了5家中介公司做规范门店建设试点，太平洋也位列其中，正努力在硬件设施和服务品质方面都做出规范。

太平洋人不认输的精神是他们做出不俗业绩的动力,杨彬始终强调企业要做口碑,抓客人投诉量,深耕服务质量,降低投诉率,提高品质。"这次调整,最长一年半,我们等待市场好的时机到来,最终一定会迎接风雨、收获彩虹!"

（何丹丹）

每次调整都是机遇和挑战

真诚服务　厚积薄发

——访上海住商房地产经纪有限公司董事总经理周宇鸣

【题记】

　　周宇鸣开朗、健谈，周围的人很容易被他的乐观和爽朗感染。哪怕是困难和挫折，也被他变成笑料，逗得大家哈哈大笑。也许就是这种乐观，让他即便面对让人沮丧的事情，都能拨云见日，向着理想前进。周宇鸣执掌住商不动产上海总部的 4 年间，后程发力，完成了住商加盟体系在上海乃至长三角区域的扩张和布局。

　　上海是房地产界必争之地，房地产经纪行业也一样，台湾地区的房地产中介企业是最早一批进军上海的境外房地产经纪企业。相比台湾地区的其他同行在 20 世纪 90 年代就纷纷抢滩上海市场，住商不动产 2003 年才进入上海，是进军时间最晚的几家中介之一。但是，住商却靠着稳扎稳打、品牌精耕，快速把加盟体系发展壮大，短短 6 年间，拥有了 178 家营业门店，签约门店达到 235 家。

后来者居上——真诚为王

　　在周宇鸣"空降"住商不动产上海总部的 2006 年，营业门店只有 29 家，签约门店 68 家。他执掌上海住商不动产的 3 年间，住商不动产加盟体系在上海快速扩张，并完成了长三角的布局。

　　2006 年，因为在台湾住商不动产的成绩突出，把 100 家店发展到

250 家,周宇鸣被董事长吴耀焜派往上海。当时台湾总部管理层没有人愿意来大陆,上海的气候不如台湾舒适,人生地不熟,离家又远。周宇鸣当时只提了一个要求:两三年之内不能调回台湾,否则发展不了大陆市场。在他眼中,任何事情越担心害怕就越做不好,只有面对它才能找到机会。

单枪匹马刚来上海,正值入冬降温到零下 3 摄氏度,很少生病的他感冒了两个星期,皮肤干得好像要裂开一样。现在回忆起那段经历,他还眉飞色舞地直说"好玩"。员工讲上海话他听不懂,他就努力适应环境,"有优越感就没法做生意了,我们做服务业的,有什么好摆的? 一摆就做不好服务了。"

通常员工对刚刚"空降"来的领导容易口服心不服,初来乍到的又不了解这里的情况,员工未必听得进他说的话。而周宇鸣到了一个全然陌生的环境,第一件事就是放下"台湾来的总经理"的身份,从最基本的基层做起,拜访同业,暗访行业,了解上海市场的中介服务状况。做到心中有数了,在员工的工作出现问题时,他马上能指出症结所在,及时点拨。

从小在澎湖长大的周宇鸣身上至今还保留着真诚和乐观,他总是谦虚地说自己没读过什么书,比较笨,就是靠着真诚在这个行业一路走来,从门店经纪业务做到总部管理职位、台湾总部执行副总经理、总经理,再到上海总部董事总经理。其实,真诚恰恰是服务行业最核心的精神。

一鸣而惊人——厚积薄发

2006 年周宇鸣来上海住商不动产总部时,上海市场刚刚经历了 2005 年国家调控,住商不动产营业门店从 70 多家急剧收缩到 29 家。但他并没有一来就急着扩张,收复失地,而是着手做上海乃至大陆市场的发展架构。因为上海市场的发展阶段和台湾不同,又有极强的地域特点,不能照搬在台湾的成功经验,必须以适合本地情况为前提发展。

周宇鸣一边做着本地化发展架构,一边关注着市场的变化,2007 年市场稍有好转,住商不动产营业门店 45 家,签约店 75 家,2008 年全球金融危机来临,全上海的中介业大规模关店裁人,住商不动产的营业门店也减少到 37 家。两年间门店开开关关中,他看到了一些细节:2007 年市场很好,但是只有直营系统快速发展,很多中介人才被吸引到直营系统企业中去,加盟体系的发展相对落后,以加盟体系为主的企业相对发展较慢。他认为,房地产市场区域性特征很强,并根据这两年房地产政策调控和二手房业务的经营特点,总结出经营模式,判断加盟体系不久就会崛起。

2008年,机会来了,国际金融危机席卷全球,上海二手房市场的成交量和成交价大幅下降,2007年加速发展的直营系统,很多门店难以为继,门店数在2008年下半年甚至腰斩。市场不景气,但是还是有需求。周宇鸣觉得,大家撤场的时候,就是住商的机会。尽管当时经营压力也很大,但是他铆足了劲发展架构,做大量的培训,每个月办一次店经理培训,邀请台湾住商不动产业绩第一人来讲课,让大家都分享他单店一个月3 000多万元的业绩。

住商全力发展加盟店,量体大很重要。上海房产中介服务的收费比台湾低:上海买卖方的服务费总和才2%,与台湾6%的服务费相比,单件个案的收入少。但大陆购房市场规模大,又在快速成长,因此采取以量补价的方式。

在周宇鸣的眼里,大陆的房地产市场和其他国家、地区不一样:2006年往上,2008年往下,2009年快速上冲,一个景气的循环只有一年半。要发展必须掌握最低点,在最恰当的时机切进去。因为掌握了市场循环的规律,又在低谷期做了很多准备,2009年住商不动产厚积薄发。2008年从直营系统里流出的很多人才在2009年开始自己创业,住商不动产把这部分门店吸收进自己的加盟体系,2009年营业门店数达到125家,还有40多家店签了约找不到店铺;2010年上海营业门店达到178家,签约店突破235家。

布局长三角——精细管理

住商不动产精耕上海的同时,2004年进入浙江杭州市场,2007年入驻江苏昆山、常熟等地区,确立了以上海为中心的长三角战略规划。在市场调控的环境下,2010年由住商中国总部联手台湾地区加盟店店东,以区域代理方式延伸到苏州、无锡、常州、镇江,完成了长三角的战略布局,并期望将这种成功模式辐射至整个大陆地区。目前,住商不动产品牌已经入驻杭州、无锡、昆山、吴江、苏州、太仓、常熟、镇江、徐州,最远的加盟店在西安。

周宇鸣说,房地产中介业门槛很低,中国人很喜欢当老板,但是老板并不好当。如果住商能给他们提供完整的服务和品牌,帮他们做好门店,多赚钱,持续获益,加盟体系在大陆将会有很大的市场。2008年住商不动产调整了收费机制,在哪个区域开店,需要多少资金,帮加盟店把每个环节规划出来,让它竞争能力更强。

加盟店发展快的特点显而易见,但是随之而来的问题是管理难度大。尤其是在快速扩张之后,管理力量跟不上是最容易出现的软肋。

为了解决加盟者不易规范的难题,住商花了比其他业者更多的资源与心力在教育训练上,不只传授专业知识,连基本的"做人处事"之道都要训练。周宇鸣说,在大陆经营加盟店与台湾不同,必须花较多心力,住商几乎都是把加盟店当作直营店管理,才能在兼顾开店速度下,避免消费纠纷等意外状况。

住商不动产把交易安全作为管理的重头戏。上海的门店尽量要求加盟店交易来总部签约,掌控买卖过程,以便更好服务,还专门成立律师事务所,不光为客户交易把关,在和加盟店东合作的时候,把合同条款都规定得很细,加盟店必须依照合同经营。住商不动产在大陆各区设有负责人,固定每店每个月最少巡视两次,有问题立刻要求改善。三次不符合规范不改善,按合同条款,加盟合作合同就终止。同时通过不断的培训,灌输规范操作理念,督促加盟店员工规范操作。因为作为加盟品牌,一旦一个店出问题,就影响整个品牌声誉和所有门店。

着眼于未来——专业服务

住商不动产不论是在台湾还是在上海,都坚持以核心的专业能力发展:培训、代书、律师事务所、网络技术、住瑞投资、一手房代理等。

周宇鸣刚来上海的时候,试着推行过台湾的不动产说明书。一套房子什么时候建的,买卖过几回,分别是什么价钱,房屋有没有瑕疵缺陷,漏不漏水,钢筋有没有辐射等等,以专业服务能力和理念为每套房子做个"履历表",让客户放心买房。但是他很快发现上海的市场需求非常大,是完全的卖方市场,不动产说明书做好,房子已经卖掉了。因此,在他看来,整体专业服务水平的提高,必须经过经济循环的过程,行业成熟度高了,人员流动慢了,才能有真正的专业服务。

台湾的经纪人都是做老客户的生意,既是客户也是朋友,把诚信安全在每一个环节做好。台湾的经纪人大多是四五十岁,美国最好的经纪人甚至是六七十岁,他们根植社区,先和客户建立关系,用几年的时间取得信任,将来客户所有的房屋买卖都会交给他。

反观目前上海的房地产经纪行业,以快速销售为目标,而且从业人员以二三十岁的外省人居多,人员流动太快,而信任度的累积需要时间,用周宇鸣的话说:"就像结婚一样,闪婚的也容易闪离。"客户的信任度、品牌的建立同样需要时间,根植社区,用心经营。但是,他对上海房地产经纪行业依然充满希望,因为上海 10 年不到就走完了台湾当初 20—30 年的发展历程,相当于美国房地产经纪行业 50 年的路,未来上海也将很快走到专业服务的阶段。

除了发展企业,热心公益也是住商不动产念念不忘的责任。当初住商不动产在台湾和玛利亚文教基金会合作,第一次捐了 17 万新台币,连续 4 年捐资,到现在住商的捐助基金还在发酵,目前住商体系一年可以捐一两千万元。2008 年年底,住商上海总部和上海徐汇星雨儿童康健园合作,捐款、做活动,为有缺陷儿童的治疗和康复出力。播下一颗种子,将来会长成参天大树,这,也是住商不动产对社会的服务。

(何丹丹)

立足本土　以心换心
——访上海康开房产经纪有限公司董事长秦锦财

【题记】

  康开房产的创始人、董事长秦锦财说话修辞很少，句句都很实在。他对自己和自己的公司也不夸耀，甚至让人感觉淳朴得不像是个生意人。但是，淳朴也许正是在奉贤南桥做房地产中介最需要的素质，因为它代表着坚定的信任和浓浓的人情味。

  秦锦财的康开房产从开办之初的两家门店，发展到现在拥有56家门店，140多名员工，旗下一手楼盘销售接待处和装潢公司同步运营。他的企业管理思想是朴素的，同时也是最实在的：立足本土、以心换心。用最简单的方法做最复杂的事情，听起来好像不可思议，而这恰恰是最容易被忽略的道理。

扩张的最佳机会
——逆向思维

  秦锦财最初进入房地产中介行业的契机源于一次买房。做过钢材生意、开过汽车修理厂的他，1999年打算买间门面房将来养老用，通过南桥镇的一家中介交易，交给中介佣金3万元。交佣金的时候他突然觉得，这个钱，我也可以赚。很快，他筹备好了资金、门面房、房地产经纪人执业证书，在奉贤南桥开了两家门店。

立足本土　以心换心

11 年前的奉贤南桥,房地产中介的生意不好做。大多数人都没有花钱买服务的意识,很多人卖房总想千方百计地不交中介费,宁愿通过熟人找买家也不愿去中介挂牌,中介的挂牌房源很少。一段时间以后,买房人感觉通过熟人介绍,挑选的余地不大,买到的房子不那么称心,卖房人觉得房子卖给熟人想开高点的价都不好意思。大家渐渐觉得,选择中介服务反而更方便,更能保障自己的利益。到了 2005 年,康开房产在奉贤南桥渐成气候。在松江老城区,也开了 6 家分店。

企业发展刚开始走上正轨,2005 年的房地产市场调控就来了。当时从上海市区到郊县的中介门店纷纷关店裁人,而秦锦财却逆向思维,做了一件逆市而动的事情,这个决定让他现在想来都觉得欣慰。他看到由于南桥镇上不少中介关店,很多以往可望而不可得的店铺空了出来,都在挂牌转让。于是,关一家门店,他就拿下一个好铺,这一年间他拿下了 10 个店铺,全都是在十字路口的角上。当时连给他装修门店的装潢公司老板都问:"怎么行情不好人家都在拼命关店,就你拼命接铺子呢?"他哈哈一笑:"你别管这么多,只管把店装修好,装修款我一分不会少给的。"

那一年,康开在秦锦财的带领下逆市扩张,奉贤的门店从 18 家增加到 32 家,松江门店从 6 家增加到 24 家。当时关店撤退的人后悔不已,而康开经此一役,稳稳坐上奉贤房地产中介的头把交椅。即便是此后的 2008 年的市场低谷和 2010 年"史上最严厉"的房地产市场调控,再也没有给其他中介公司这样的扩张机会。康开仍然是奉贤房地产中介的"老大"。

竞争的最大优势——立足本土

郊县市场的房地产中介行业并非看起来这么风平浪静,在很多品牌中介的眼中,这也是块诱人的蛋糕。城市化的进程中,房地产开发的规模和速度都难以估量,郊县必然蕴含着巨大的市场机会。但是,曾有不止一家优质的品牌中介试图进军奉贤市场,却都无一例外地退出了这里。

是那些中介的服务不好?还是他们在这里拿不到店面?都不是,因为他们忽略了奉贤地区和上海市区最大的不同:人口构成单一,群体相对封闭。

奉贤地处上海郊区,由于距离市区较远,往来奉贤和市区的交通不便,工作机会不多,因此,外来人口通常不会落脚在这里。居民绝大部分都是当地人,说奉贤方言,社会交往都在这个区域,和外部相对封闭。由于外来人口极少,在这个群体内部,人情社会的特点相当明显——信任建立在朋友、熟人、亲戚的基础上,对外来人员本能地抗拒。

这种地域特点直接导致了奉贤人对外来中介企业的抗拒。外来的品牌中介雇用的中介业务员都是年轻的、学历较高的外来人口,奉贤人对他们不信任,一是因为不是当地人;二是觉得他们太年轻,不牢靠。而他们在市区常用的电话询问、推荐房源、上门找房源的做法,奉贤人也不接受。

康开房产是本地人创办的本地企业,他们觉得知根知底,门店里的业务员都是 40—50 岁的当地中年妇女,觉得更亲切,而且很多人都是亲戚的亲戚,朋友的朋友,拐几个弯都认识,不担心谁收了房款就卷款私逃。而在秦锦财看来,这些"阿姨"员工还有一个优点,就是很有耐心、责任心强,没有年轻人急躁、粗心的毛病。在上海房地产经纪行业从业人员星级评定中,这些大多初中文化水平的"阿姨"员工克服英语零基础的困难,努力补缺,140 多个人中就有 28 个评上了三星级员工。

知根知底的同时,也给康开提出了更高的要求——诚信至上。本地人脉关系熟,很多时候买方卖方见面了才发现原来认识,如果企业和交易过程中不诚信,很难取得客户信任,口碑的力量不可小瞧,不诚信会毁掉公司的品牌。时间久了,很多客户买房只认康开这块牌子,以前的客户交易结束,还经常介绍新客户来康开。

服务的最高境界——以心换心

大型成熟的房地产中介企业往往管理严密、流程规范,但是企业大了,关注企业发展多了,对个体的注视就少了。而人的因素,恰恰是企业发展最重要的因素。以康开房产目前的规模,最方便、最有效率的仍然是扁平化管理,但是,如果认为康开仅仅靠着这种模式就能在地区竞争中制胜,那就太小瞧它了。这种简单的管理模式里,处处渗透着别人学也学不来的人情味。

康开赢得奉贤本地客户的信任并不只是因为他们本土企业的身份,而是他们从上到下一直坚持的一个信念:"有困难一定帮助解决。"秦锦财很重感情,有个员工的孩子生重病,为了照顾孩子,她不得不常常请假,多的时候一个月里请了 15 天假。总经理助理董晴玉向秦锦财汇报了情况,觉得处理起来很为难:扣员工的钱吧,人家孩子生病,正是需要钱的时候,本来收入也不高,再扣钱显得不近人情;不扣钱吧,万一这个口子一开,以后其他人请假都这么着,公司没法管了。秦锦财说,还是不要扣了,家里正是困难的时候,能帮就帮一把。

这种人情味,不光渗透在公司内部,员工们还把它向客户传递,用自己的热心、耐心、细心、责任心换来了客户的安心、放心和死心塌地地相信康开。

一个老太太通过康开房产出租房子,租客合同期满没通知她就搬走了,水电费欠了100多元。老太太打电话找他要水电费,不理。她只好找当时签合同的中介业务员求助。这种情况下,中介业务员即使不过问,道理上也说得过去。但是康开的业务员却应了下来,给租客打了很多电话,还是不接。她知道租客是开店做生意的,打听到地址,坐在租客店里跟他要水电费。租客说要看凭证,这个业务员又回来拿了水电费单子去交钱,拿着缴费发票再去找租客,最后帮老太太把钱要了回来。

有个在康开挂牌卖房的业主去外地出差,把钥匙交给门店,方便业务员带买家看房。有一天,业主亲戚说物业告诉他房子漏水,要中介业务员陪着去看一下,进去发现水龙头坏了,两人就把水龙头关掉,锁上门走了。业务员回到店里,想想不对:业主房子里铺的地板,水都流在地板上,等房东回来地板都要泡烂了。又和同事一起去业主家,把地板上的水擦干,把水龙头修好。业主知道了很感动,说如果不是你们,房间地板就要全部敲掉了。

过了一段时间,这套房子有人要买,买家和业主一见面,原来还认识。买家就说:"不如我们去做个手拉手,不在中介门店交易,我们俩都能省中介费了。"卖房的业主当时就拒绝了:"康开这么为我考虑,这套房子我一定要在康开交易。"

当不少企业津津乐道于"标准化服务流程",试图把服务做成流水线上的产品时,康开的员工却在用实际行动展现服务的最高境界——以心换心。

发展的最优策略——顺势而动

赢得信任、诚信为本是康开在同业竞争中最大的优势。但是,能把一个企业做到这个规模,秦锦财也绝不是因循守旧之人。尽管康开房产的本土特点是其立于不败之地的根源,但是随着奉贤外来人员增加,原先的人口结构和社区特征也必然发生改变,康开也开始未雨绸缪地向其他中介学习成功经验。

尝试网络营销模式。随着中介行业的竞争从门店蔓延到网络,同时近年来奉贤到市区的交通设施发展很快,随着奉浦大桥的建设,轨道交通5号线延伸段的修建,将有越来越多的客户从市区向奉贤转移。康开也开始试着利用网络发展跨区域客户,请来老师给员工培训计算机操作和互联网应用,把房源信息和经纪人信息都放到网上,开发客户源。

一二手联动销售。2008年以后,奉贤市场区域饱和,秦锦财感到,再开门店就得自己的门店互相抢生意了,决定向一手房代理扩展。2009年康开的门店都安装了电子显示屏,滚动播出一手房源的介绍,有兴趣的客户进来询问,就给他做详细介绍,最后带去康开房产设在莘庄地铁南广场的一手楼盘代理接待处。虽然做的时间并不长,但是效果很好,有时候一手房销售业绩甚至超过二手房。2010年8月代理的平湖鑫港花园项目,鼓励业务员去市区找分销商和客户,三天时间跑了200多家,拿回1 000多个分销合同。该项目开盘5天,就通过康开房产销售掉1/3的房源。

盯住新的发展机会。政府对南桥新城的开发有了成型的规划,这对康开来说,又是一次难得的发展机会。秦总说,南桥新城区不一定沿用康开的老模式,因为那里将有外来人口迁入,将来南桥新城门店会考虑招些外地人,文化程度高些的年轻人。即使是目前的大本营南桥镇,也考虑新招些年轻员工进来。老员工人脉关系熟、客户信任,但是干劲和精力都已相对不足了,跑小区找房源还是年轻人做得更好。

打破习惯积极改变。由于本地市场饱和,康开不会再开门店,但是企业仍然要发展,就必须讲求单店效率,把单店人数从两个增加到五六个甚至更多,老员工和新员工相互带动、优势互补,并相应改变管理架构,适应新形势。同时,不照搬先进地区的经验,而是采用适合郊区的办法,借鉴别人的成功经验。

（何丹丹）

坚持做正确的事

——访上海信义房屋中介咨询有限公司总经理洪建焕

【题记】

信义房屋在上海中介行业的地位，不能用简单的业绩和门店数来衡量，对很多中介从业人员，尤其是很多企业的高级管理人员来说，信义是他们进入这个行业的领路人。从1993年进入上海，作为第一家成功进入大陆的台资中介企业，用上海房地产中介业"黄埔军校"来形容信义房屋，一点也不为过。

人才，比资产更重要

信义房屋LOGO的中间，是一个"人"字，又像个屋檐，代表信义房屋最基本的结构和企业的经营本质——以人性关怀为出发点。

培养人才，是信义十几年来没有变过的宗旨，而且也是信义发展中的长期计划。人才是发展的关键，这一点很多企业都有切身体会，但是真正像信义这样，把重视和培养人才放在企业发展最核心的位置上，并且十几年如一日地培养人才的企业，不多。

信义房屋进入上海这些年培养了两位总经理，他们从学校毕业就进入信义，分别在第九年和第十年，成为中国事业体的总经理。对企业来说，资产的增值直接关系到发展前景，但信义坚信，比资产更重要的是人才,房产中介业就是人的事业。所以,信义一直不断寻找最优秀的人才,因为相信只有用最优秀的人才,才能给客户最优质的服务,以人为本,培养人才,早已是信义发展的基石。

在新人培训上,信义推行一个月的新人培训,采取3+1+3的模式,一周为一个周期。前三天集中培训,一天休息,三天下店锻炼。课程包括产业知识、公司知识、专业知识、服务品质。第一周对产业、公司有所认识,第一堂课由洪建焕总经理亲自讲授公司的经营理念、产业的情况。第一周后,新人从早上9点到下午6点,在门店所在商圈走动,回来自己画地图,把街道、学校、商业设施、交通情况、楼盘位置标示出来,客户层次、案源都熟记于心。第二周传授案源开发的基础认识和技能,第三周持续强化专业知识技能,并要求在这周单独签第一件委托,第四周继续服务意识和能力的课程,并全盘检视学习成效。后面还有周考月考,由店主管评选并由几位相关主管召开新人评议会。从应聘到最后月考核完毕,每六个人里只有一个能进入公司。

进入企业以后,员工晋升就要看个人能力了。但是,对业绩落后的员工,信义"不抛弃不放弃",相信每个人都会成功,只是时间早晚不同,坚持给他们开班授课,强化能力训练,给他们再赶上来的机会。上海信义的总经理洪建焕这样形容公司和员工的关系:"员工进入公司就是公司的伙伴,谁会开除自己的伙伴呢? 做好培训和教导跟进,陪他走一段,这也是一段人生的旅程。"

2008 年,信义房屋企业集团成立信义大学,引进中介大学本科和研究生的课程,2009 年花费 400 万元引进 IBM 全球领航班、卓越计划班课程。放眼全球的房地产中介业,没有第二家有这样的投入。而信义房屋在上海的35 家门店,是中国信义的人才供应库,培养出的人才都派去苏州、杭州、北京等地发展。

品牌,比赚钱更重要

信义坚信,家是幸福的起点,在所有信义人的心目中,买卖房子不像置产这么简单,而关乎两个家庭的幸福。这也是信义把服务和经营的核心价值。打造消费者信赖的金字招牌是信义从上到下所有人的目标。不急功近利,不追求短期利益最大化,而是"信义立业,止于至善"。

1993 年信义进入上海时,社会并不太认可房地产经纪行业。当时信义就做出了和中国工商银行合作业务的举动,取得客户的信赖。从那时候开始,信义一直专注于塑造品牌,公司的所有交易都有签约顾问把关,签约顾问都具有律师资格,这在上海的中介公司中是绝无仅有的。在确保客户交易安全上,信义从不吝啬投入人力物力,让公司品牌获得长期的社会信任。

2000 年—2007 年是信义发展非常关键的时期。1999 年以前,信义集团以直营门店的方式发展,后来慢慢发现市场太大,而坚持有店长才能开新的直营门店,发展速度会非常慢。既要保证品牌的质量,又要加快发展,信义选择了发展加盟体系的道路。

在此之前,信义从来没有涉足过加盟业务,怎么做加盟成了当时面临的第一个大问题:怎样既做加盟,又能让信义的金字招牌继续发光?最终,信义决定以合作的方式发展。1999 年信义选择科威国际不动产作为合作伙伴,取得了其品牌在大中国区的商标特许经营权和特许加盟权,促成了和全世界营业额最大的房地产中介加盟公司的合作。同时坚持区域经营单纯化,上海信义是直营和加盟并存,北京全部直营,苏州、杭州、重庆全部加盟。

2004 年各地经营之后,如何让总部的经营决策、经营绩效和客户讯息在各城市更好地流转的问题接踵而来。这段时间,信义完成了各项信息化基础工程的建制:培训资讯,经营管理,业务作业交易流程,自己独立开发资讯化的作业系统。

同时,信义的企业发展目标也有了革新性的发展:不再将公司定义为纯粹的房产中介公司,而是一个可以提供客户高附加价值的知识型现代服务业。在这种理念的指导下,把代理、评估、担保等相关业务横向整合。

2000 年经营加盟的初期,直营和加盟两种模式存在于同一个品牌,互相掣肘。2008 年信义整合内部架构,所有直营体系以信义房屋为品牌,所有的加盟体系以科威国际不动产为品牌,这两个品牌目前同属信义集团,但更像是兄弟关系,两组不同的经营团队独立运作,同时互相照顾。

服务,比成交更重要

说起自己在信义的经历,上海信义房屋总经理洪建焕半开玩笑地说:"我是信义一块砖,哪里需要哪里搬。"的确,在信义集团的 19 年里,他从台北、桃园、新竹,再调到北京、上海,信义需要的地方,他一定会出现。

在台湾信义,他亲身体验过信义服务的诚意。门店里一套房子成交在即,由于房屋本身很贵,如果做成了,能进账 40 多万元,相当于门店一个组月度业绩的一半,但是,签约前夕,业务员发现这套房子里曾经发生过非自然死亡事件，马上第一时间告诉客户。最后，这套房子没有成交，但是为信义赢得了口碑；由于信义在台湾中介的口碑好，银行曾经专门给信义做了一套方案，信义客户购房能拿到最优惠的利率，但是公司的交易进展不久，政策发生变化，银行不愿履行最优惠利率的承诺，这时信义做出一个惊人之举：公司掏钱补齐客户在贷款利息上的差价。

身处信义19年，洪建焕对信义精神的解读是：信，该做的事情说到做到；义，坚持做正确的事情。他总是向员工强调，中介卖的产品标的很大，攸关两个家庭的幸福，如果不注意，就会给客户带来麻烦，不合格的人会伤害客户。

正是出于这样的考虑，信义坚持任用律师资格的代书作为签约顾问。中介行业的性质和产品价值的高昂，决定了交易安全至关重要，洪建焕一直主张：最多的投资应该放在安全交易上，对公司来说哪怕只是1%的风险，在客户身上都会放大到100%的伤害。

对交易安全近乎苛求，落实到管理上，则是对交易的一票否决制。每单交易开始之前，公司都会对交易风险有所判断，由法务主管和总经理的意见决定。但是，法务部门是独立的安全监控单位，主管的意见有决定权力，即使总经理觉得没有问题，只要法务主管认为交易风险超出可承受范围，有权一票否决。

信义的服务理念围绕一个字——人。如果今天一个客户不满意，明天可能会听到十个客户的抱怨。所以信义特别珍视客户的意见，客法部会在每笔交易达成后，打电话去询问客户的意见。经纪人如果被客户抱怨，接下来的晋升和考级就会受到影响，必须处理客户的投诉和意见，做改进和弥补，最终要洪总认可签字才能过关。

凡此种种，信义的目的只有一个：力求每单交易都让客户非常满意。信义的企业甚至有儒家文化的精神内涵——先义后利，客户满意了，企业才有利益，客户要求越来越多，表示让信义房屋有机会变得越来越好，才能服务更多的客户。到目前为止，信义仍是上海少数几家被房地产交易中心选为做资金监管的企业之一。这和信义为客户的交易安全把关的服务目的不谋而合。

坚持，比扩张更重要

由于坚持自己的扩张原则，信义的规模不是由资金决定，而是由人才决定的。以信义房屋的财力，一次在中国开一两百家门店不是难事，但信义从来没有想过要以这种方式扩张，不顾人才培养的速度而贸然发展，即使发展起来，也是对整个行业、对客户不负责任。在其他企业都趁着大势纷纷加速扩张的时候，信义的坚持显得更加难得。

由于坚持自己培养新人，同时绝不从别家企业挖角，信义房屋在这十几年间也流失了很多人才，尽管如此，信义房屋仍然没有动摇自身造血的决心。信义人坚信自己要为中国的房地产业培养人才，是为整个中介行业的健康发展做正确的事情。因为企业的核心理念在于对内齐心，整个产业要想升级，绝不能让互相挖角成为常态，这对产业产生的是负面影响。企业要保持活力，一定要不断产生新鲜血液。如果不培训，企业主管就会松懈管理，造血功能会慢慢衰退。

从信义走出去的人很多还留在中介行业，他们中有的成了高级管理人员，甚至不乏一些创业成功者，而当年信义的启蒙教育成就了很多后来企业的理念。上海中介行业"黄埔军校"的地位由此而来。

由于坚持员工教育，信义对整个行业的规范也作出了表率。诚信为本、信义至上的教育，信义积极参与，到目前为止，信义房屋参加上海市房地产经纪行业协会诚信教育的员工超过 2 000 人。

坚持，还体现在信义的诸多细节上。信义内部新老员工实行师徒制，做师傅的要做三件事：出门前对着镜子微笑三分钟、对每位客户诚恳地微笑、到了门店主动打扫卫生。房子成交了，师傅不会跟徒弟要求分享业绩。如果经营不好，是管理团队的责任，而不是普通员工的责任。在行情不好的时候，洪建焕一个月不休假连续工作，每天到晚上 10 点才下班。"主管不敬业，下面的人也不会有干劲，只有一直努力，才能有机会。"这是洪建焕的坚持，也是信义的坚持。

在近乎执拗的坚持中，信义在中国大陆稳健发展：截至目前，上海信义直营店 35 家，科威国际不动产上海签约门店超过 100 家，浙江信义门店 6 家，北京 11 家，苏州 16 家；进入中国大陆的十几年间，信义 8 次荣获金桥奖，获得过中国优秀特许奖，是目前中国的房产中介中唯一得到这一奖项的公司，三度荣获国务院颁发的"中国百强经纪"第二名。

（何丹丹）

以客为尊　诚信至上

——访上海志远房地产经纪有限公司总经理钱建国

【题记】

　　志远有"三无"。一是无外资背景，是一家纯本土的优秀企业；二是无投诉，公司成立8年间，行业协会无投诉、消费者协会无投诉、工商部门无投诉；三是只录用无房地产经纪行业从业经验的人员，人才自主培养，不从同业挖角。志远当家人钱建国的成功心经，就是将"口碑"当成传家宝。入行17年，见证了房地产市场的起起伏伏，在他看来，比业绩更重要的，是能不能守住自己。

树口碑——为大义、舍小利

　　"为人处世要重口碑"。多年来，钱建国一直牢记着父亲的教诲，在每一件小事上，践行着自己的价值观和道德操守。1993年，钱建国从复旦大学电光源专业毕业。他先是在新桥做助教，听一位老师说，房地产行业有发展，便下决心转行。为了不给学校添麻烦，他在跳槽之前，找了一位朋友补上了自己的空缺。

　　在某外资企业服务8年后，他摩拳擦掌，要闯出自己的一番事业。他手下管理着100多人，离职时，却没有带走一人。

　　"同行是一家"是志远对待同业的态度。"人才自主培养，不从同业挖角"这一条，说易行难，持之以恒

就更难了。一次，同业的一位总监，带着 30 多个人投奔志远，钱建国没有接收。深圳、北京的同业，对志远的认同度都很高。钱建国到外地开会时，总会有同业跟他交流志远模式。

对待社会，志远不仅尽到了一个企业应尽的责任和义务，还时刻知恩图报、无私奉献。志远每笔收入都开发票，积极履行纳税义务。遇到重大突发事件，志远都会以企业名义捐款，员工们也会慷慨解囊。

良好的口碑，是钱建国多年来为大义舍小利，一点一滴积累起来的。志远人重承诺，守信用，说到做到。公司成立以来，队伍稳定，很少有两个人一同离开。坚守价值换来了企业的快速成长，自 2002 年创立至今，短短 8 载，志远地产已从单一的房地产经纪公司发展成为房地产全程营销代理、商业地产招商运营、房地产经纪服务三位一体的综合房地产服务运营商，并拥有系列子公司，深受各界认可。

为客户——负责任、敢担当

志远的核心价值观之一是品质至上，志远至今保持的"零投诉"纪录，是志远人追求品质的最佳注解。但是，业务中遇到磕磕碰碰在所难免，志远又是怎样一一化解的呢？

"态度决定一切"，志远鼓励员工用主动担当、勇于负责的态度服务客户，并将之视为一切事业成功的基础。钱建国回忆，志远历史上成交的第一单租赁业务，就遇到了麻烦。租客是一男一女，签过合同第二个月就拖欠租金。按惯例，99％的中介是不会管的。而志远的这位业务员本着对客户负责的态度，承担起催缴租金的义务。他每天晚上等在租客家门口，有时等到午夜 12 点才见到人，经过耐心的交涉，终于将房租交到了房东手上。志远的每个业务员遇到类似的情况，都会选择不遗余力地帮助客户，这已经成为志远的企业文化。

徐剑敏女士是志远的副总经理，华东政法大学毕业后来到志远工作，至今已经 7 个年头。2003 年，徐剑敏还是个新人的时候，遇到了沈先生。沈先生是一位代理人，而且脾气古怪，不好相处。业内很多人对代理人缺乏尊重，认为他不是房东。但徐剑敏从细节入手，表现出对沈先生的尊重。她主动为远道而来的沈先生买水，沈先生过生日，她还从市中心赶到五角场送蛋糕。接触多了，徐剑敏发现沈先生很有责任心，从不迟到，她还开诚布公地评价沈先生的优缺点。渐渐地，沈先生感受到小徐的诚恳和直爽，越来越信任她，先后将东方剑桥、翠湖天地、帝景苑等小区共 20 多套房子委托她卖，还带来一大批客户给她，佣金总数高达 100 多万元。通过与沈先生的接触，徐剑敏总结，你认为不太好接触的客户，可能是最忠诚的客户；不能用别人的评价来看待一个客户；别人做不下来的客户，你也许可以凭借自己的某种特质打动他。

汪先生夫妇是徐剑敏遇到的一对台湾客户。2004 年底，银行政策发生变化，贷款放不出来，当时汪氏夫妇已经拖着行李从台湾来到上海准备入住，为了安抚客户的情绪，徐剑敏当着他们的面，将自己春节返乡的火车票撕了个粉碎，用行动证明，她会与他们一起面对。接着，徐剑敏与公司法务部的一位同事一起在银行呆了两天，请求银行提前放贷。终于，在腊月 28 这天，银行放贷了。但从放贷到入账，还有一段时间，大家都认为，真正入住要等到春节之后了。刚巧，这位卖家是徐剑敏的老客户，她又花了很多时间，努力劝说卖家，允许下家提前入住。基于对小徐的信任，卖家同意了她的请求。腊月 29 晚上，成功交房后，徐剑敏又与同事们一起帮汪先生夫妇搬家。夫妇俩庆幸，终于可以在上海的新家安心过年了。

从那之后，汪先生和他的朋友们在上海的房产，都委托志远做免费的出租管理，由志远代客户委托其他擅长租赁的中介公司，将房屋出租，志远不拿一分钱的中介费，权当为老客户的增值服务。房子租出去了，有点小修小补，租客找台湾的房东不方便，也是志远的员工代房东打扫卫生、修门、修锁。房东有时会放一些钱在徐剑敏这里，作为房子的维修资金，每次房东来上海的时候，徐剑敏都会拿出整齐的发票，向房东报账。在徐剑敏的帮助下，汪氏夫妇成功卖出了上海的几套豪宅。一次，徐剑敏这边的客户出价比另一家中介公司低了 10 万元，汪先生表示，为 10 万元背叛志远，完全不值得。

远在美国的哈先生经朋友介绍，辗转找到徐剑敏，委托她卖出乌鲁木齐南路、建国西路的一处公寓。徐剑敏凭借自己的专业知识判断这套房子不好卖，建议哈先生多家委托，哈先生奇怪，中介不是都喜欢独家委托吗？徐剑敏解释说，站在客户的角度，她认为这套房子多家委托更为有利些。哈先生不认识其他中介，还是选择由志远独家委托。果然，房子不好卖，挂牌价430 万元，无人问津。哈先生问小徐要不要降价，徐剑敏又一次站在客户立场上，做出了等待市场反馈的决定。最后，房子以 370 万元的价格成交。签约当天，哈先生从美国来到上海，从徐剑敏身边走过，两个人都互不认识。直到交房时，两人才第一次谋面。一直以来，哈先生与徐剑敏都是通过电话联系，一次次言语的交流，让哈先生对小徐产生了高度的信任，即使成交价比挂牌价低了 60 万元，他也没有怨言。

徐剑敏为客户着想的行动是志远 600 多名员工的缩影。他们的高品质服务，赢得了无数客户的信任。经常有客户送礼物给他们，表达谢意。但公司有规定，不许员工收取客户财物，志远员工的制度意识又很强，很多客户见红包被退了回来，就改写表扬信。纷至沓来的表扬信贴满了墙。

招新人——不挖角、精培训

志远一直秉承"人才自主培养，不从同行业挖角"的人才理念，更因独特的"百日培训"，被业内誉为经纪行业的"西点军校"。志远选拔人才很谨慎，不搞一言堂，而是由公司高层组成竞选委员会，通过标准化考试，层层选拔。但遇到特殊人才，也不完全墨守陈规，会酌情破格提拔，给新人更多的鼓励和动力。2010 年 5 月，刚刚顺利晋升了 3 位区经理和 20 位新店店长。8 月、11 月还将诞生 50 位新店店长。在志远，心有多大，舞台就有多大。

目前，志远员工总数约 600 余人，其中上海总部 520 人，苏州、长沙等外地分公司员工共计 100 多人。一些公司做大了，往往苦于传承不好，新员工对企业缺乏认同，好的经验和理念推广不下去。钱建国从不给自己找借口，他坚持每个月给新员工上七八堂课，与他们分享人生的经验和感悟。他经常对店长讲一句话，怎样评价你们的管理培训能力？就看你的小孩舍不舍得放到自己手下。舍得，证明你合格。

钱建国坦言，只招新人的做法有利有弊。利，新人是新鲜、无"污染"的，对企业经营理念有更好的认同。留下的都是可以一起打江山的精英。志远派到外地去的总经理，都不需要派财务过去，这种高度信赖的文化直接得益于志远的新人培训模式。弊，付出的成本高。每月有将近 80 人进入志远，可工作满 3 个月后，就会淘汰一部分，培训成本比较高。有时也会遇到同业挖角，志远曾经有一个经理，被比志远规模更大的公司挖去做副总。人才外流在所难免，钱建国将之视作志远对行业、对社会的一种贡献，坦然接受。

多年实践下来，钱建国发现，培养任用新人其实没有想象中难。刚开始发展慢一点，到后来就非常快。其他公司做大了可能会担心几十、上百的员工会随时"搬家"，但志远发展越大，经营的风险反而越低。

在激烈的行业竞争中，很多企业奉行"狼性"文化，开单即是好员工，为了抢一个单子，大打出手的事情也有耳闻。志远不赞成这样的做法，外界对志远员工的评价是老实可靠,这一点对房地产交易很重要,让客户感觉值得托付。

谋发展——稳开店、拼服务

目前,志远在上海的实体门店共 28 家,到 2010 年年底,实体门店数预计增加到 40 家左右。志远的近期目标是用两年半的时间,在上海中高端房产领域里,市场份额做到第一。在未来五年,拓展 15 个城市,开设 500 家门店,拥有 5 000 人的精英团队,并在志远的客户获得满意的服务、同仁获得职业生涯成功,社会、股东等实现共赢的基础上成功上市。

现阶段市场并不乐观,但志远没有望而却步,志远 2010 年的发展策略是继续扩充队伍,储备人才。志远的发展一直比较稳健,市场不好时也不会动用激烈的措施。相反,志远认为,市场冷淡期好找门店,危中求机,更利于向前跨步。志远全体员工均拥有大专以上学历,超过 50％的员工达到本科及以上水平,硕士、外语专业 8 级的员工也有很多,员工整体素质逐年提高,可以更好地服务外国客户。最近,志远将房地产经纪行业协会的星级评定当做企业的管理利器,将公司内部推荐作为准入门槛,更好地对接星级评定,引导员工将星级经纪人当做最高的奋斗目标,不断提升服务能级。

钱建国认为,行业的未来拼的是服务,五次蝉联金桥奖,是对志远服务品质的最好证明与肯定。志远将一如既往地坚持"让家更美好"的企业使命,坚守基本的价值观——以客为尊,诚信至上,用行动换来更多客户、同业、社会的认可,让行业因为志远的存在变得更加美好!

(佟继萍)

071

以客为尊　诚信至上

直营＋特许：整合的破冰之旅

——访上海福美来房地产经纪有限公司董事长胡正华

【题记】

　　市场上有三类企业：第一类，当变化来临时它没有感觉，也不会改变自己，这种企业很快会被淘汰；第二类，能够根据环境的变化而变化，也能够在竞争中生存下来；第三类是领导型企业，通过不断创新，引领行业发展。福美来不动产就是这样一个引导行业游戏规则的企业，它具备无限发展可能。

直营＋特许的混合动力

　　福美来不动产是一个极富个性的中介品牌。它是目前沪上唯一直营式管理的加盟机构，已经在上海中介加盟领域稳居领先地位。这一切，离不开它的创始人胡正华博士。

　　先后主持过上房置换、21世纪不动产、大华营销管理中心的胡正华，是成功的管理者，更是一名优秀的房地产经纪专业讲师。2006年6月，他与叶小平、徐子兴共同创立了福美来不动产，那一年正值楼市第一波宏观调控。"当初我进入这个行业，就是从上海开始的。我坚信这是一个新兴行业，发展空间大，前途更大。一手房会转变为二手房，房地产行业以后的主导肯定是中介行业。当然，在发展过程中会有曲折。"正因为抱有这样的信心，胡正华选择自创中介品牌。当时，中介直营品牌业绩骄人,强者中有中原、汉宇、上房、合富等,加盟品牌也是虎视眈眈,21世纪不动产、住商等各占山头。

福美来不动产自成立起就另辟蹊径,独创"直营＋特许经营"的混合模式与各大品牌进行差异化竞争。胡正华说,因为市场有这样一个空间、一个机会给我们去做。市场上总有很多没有品牌、没有能力,而又想从事这个行业的投资人或从业人员,他们对加盟有很大的需求。福美来就是想整合他们,进而扩大自己的品牌影响力。福美来的目标是超越中原、超越21世纪。

直营和特许经营是两种品牌体系,在经营机制上各不相同。未来,市场会以加盟形式为主,这是符合经济发展规律,符合优质服务方向的。现在市场上加盟体系没有取代直营,是因为市场还没有发展到成熟阶段。当然,加盟体系也有弱点,加盟店做不好就会成为一盘散沙。所以对加盟店的整合和控制是很关键的。加盟体系是一门技术,不是所有人都能掌握的,也不是所有公司都有能力做的。

差异化竞争效果显著。经过短短四年,福美来已经快速成长为208家门店的品牌企业,其中,仅去年一年就新增100多家门店,加盟店得到快速有效地复制;同时,对市场份额获取取得实质性效果,在长三角地区尤其是昆山地区代理楼盘多,占40％的业绩。

两把业务制胜"锐剑"

房地产中介行业,十有八九在业务、模式上雷同,怎样才能真正做到差异化竞争?

胡正华说:"不冀望能够解决行业问题,但希望比竞争对手强5％。"他的心得是:整合是必须要走的一条路。尤其是在市场萧条或者调整期,只有用更多的服务方式、服务内容和服务的组合,才能有更大的发展。于是,福美来不断地针对周期性的行业本质特征设计自己的发展之路。不断进取创新,成了福美来不动产时时刻刻在做的事情。

率先倡导加盟体系房源公盘制,这是福美来不同于其他加盟品牌的致胜关键。所谓房源公盘制,就是所有加盟店公开共享各自的房源信息,这在直营店很容易做到,但加盟商却往往担心厚此薄彼,比如担心自己拿出的房源是不是多了,总部拿到的一手房资源是不是会先给直营店再给加盟店等等。简单地说,就是加盟店之间房源归属该如何确认,利益该怎么分配。例如：甲店的客户看中乙店的房源，但甲店为了逃避分佣给乙店，让业务员挖角或者直接把房东撬来，并不通过乙店成交，这种情况在单店或绝大多数加盟体系内普遍存在。

福美来不动产让每个加盟商都能尝到"甜头"。胡正华说，加盟的弊端是各自为战，因此加盟品牌必须建立公平、公开、公正的平台，大家坦诚公开，谁触碰了规则必须惩罚。同时，总部加强对每个加盟店的标准化管理，比如怎么开业、布置门店、接待客户；在门店运营上，又对每个加盟商进行技术手段控制，各加盟商每月提供报表、制定销售目标计划等，帮助加盟商准确定位区域市场。更为重要的是，每个加盟商之间盘源共享，这等于把每个独立的个体凝聚成强大的团队。

现在一二手房联动销售非常普遍，很多开发商找到中介机构做代理，就是看好中介机构的门店数量多、客户多。福美来不动产体系下的福美来代理也做一二手联动，但它的运作模式与传统一二手联动模式截然不同。毫不夸张地说，**福美来代理就是一家独立、专业的营销、代理、策划公司，利用案场＋门店＋项目中心架起一个"三维一体"的创新性营销平台。**

不少中介代理、开发商都想当然地以为只要把房源委托给中介，门店经纪人再将房源推荐给客户就可以了。其实不然，门店经纪人"兼职"做代理的缺点也很明显，比如他们对项目的价值理解、远离代理项目、时间安排不过来等等，都会影响代理项目销售，尤其是将加盟店纳入一手房销售体系阻力更大。2008 年刚做一二手联动时，福美来代理就发现这一模式的弊端。总经理叶小平说，当时项目部只有十几个人，面对的却是近 100 家加盟店和一群加盟店业务员，根本做不到联动，启动一个项目最多只有几个片区支撑。在这种情况下，福美来专门做代理的项目中心成立。

项目中心一开始就是以营销代理公司架构体系，分为研究部、市场部、策划部、销售部等部门，全线专业化操作一手代理项目，将案场＋门店＋项目中心集合形成"三维一体"的营销网络平台。在福美来代理的营销体系中，项目中心是项目销售的统筹者和组织者，牵手销售案场和门店。项目中心负责案场并与开发商沟通，包括营销策划、销售控制、协调问题处理等；同时与门店保持沟通，将项目信息及时通报给门店，帮助门店深入理解项目内涵，提高成交率。正是基于这种创新营销模式，福美来代理的带看成交率高达 20%—30%！深入传导项目价值、构建项目价值感、为客户提供有建设性的投资建议，福美来代理不仅仅是把项目卖出去，还与终端客户、开发商建立起互赢互利的伙伴关系。

结构稳定的"铁三角"

在国内，无论是开发企业还是中介企业都存在这样的问题：如果只是进行单一的住宅开发或中介业务，那么随着业务拓展，其现金流可能出现节奏波动。**福美来不动产的"三驾马车"——直营＋特许＋项目，能形成一个互相促进的"铁三角"，在楼市调控中十分稳健。**

直营店，对加盟店起到示范作用，不论是进入局部板块还是区域市场，都会以直营为先驱再以加盟为拓展。目前的 19 家直营店，主打高端区域板块，主要集中在徐汇、黄浦、卢湾、普陀及浦东联洋，直营店的稳步发展和扩张，为加盟店的广泛布局奠定了坚实的基础，直营店始终业绩稳定，2009 年更是创下连续 6 月单店月均业绩突破百万元，2009 年 12 月首次尝试在昆山和花桥开设两家直营店，为区域加盟埋下伏笔。

加盟店，是福美来不动产的主要引擎，吸引更多从业者共同打造资源共享的平台，并且共享利益，达到快速复制成长的结果。加盟店从 2006 年 3 家迅速扩张至如今的 189 家，成为沪上门店发展速度最快的中介企业，这源于福美来不动产完善的特许加盟体系和强大的后台顾问式管理支持。因为有了直营店模式的管理，使得加盟店可以更加专心地投入到业务中。2009 年，福美来不动产加盟店平均月均业绩 25.6 万元，同时福美来不动产全新的一二手联动业务，也丰富了门店的业务架构和业绩来源。2010 年底，福美来不动产加盟业务将伸向区域市场，尤其看重南京、无锡、昆山等中介成长具备一定基础的市场。胡正华尤其看重昆山市场，2009 年当地一手房成交 600多万平方米，转化成二手房的潜力很大。而且这几个城市的中介佣金比例都比上海高，南京 2.4%、苏州上不封顶、无锡 2.5%。这对企业很有利。

福美来代理，承接一手代理项目，作为总部经济利润的第二大引擎，并肩负公司更大的战略目标。它从 2008 年打基础，到 2010 年立足市场，2010年 5 月、6 月代理的昆山两个楼盘成交排行榜的第三、第四名，远远抛开竞争对手。由总经理叶小平率领的福美来代理，从早期的几个人扩张到百多人，代理项目十余个。比较热销的有：绿地家世界、中茵商务花苑、七浦路商铺、山东威海银滩旅游度假区住宅、常熟"中国裤业中心"、东方国际广场、昆山赛格电子广场、隆祺丽景国际等。其中威海银滩项目热销 100 余套；东方国际广场创下 2009 年 12 月日销百套、销售价格高出同类产品售价 20%；昆山赛格电子广场自 2010 年 5 月开售以来，两个月销售近 200 余套，销售额达

1.4 亿元；隆祺丽景国际在 2010 年 4 月大调控启动阶段，创造出辉煌的销售业绩，5 月、6 月销售量突破 100 套。未来，福美来不动产将发挥特许加盟的优势，在长三角以及全国布点，届时福美来代理借助福美来不动产创新二手门店网络平台，营销渠道的价值将进一步彰显。

"长三角计划"箭在弦上

目前，上海房地产中介行业正处于"春秋时期"，市场也处在成长期和整合期，还没出现像北京链家那么大规模的经纪公司。胡正华相信两三年内上海一定会出现这样的品牌公司和连锁企业。

福美来不动产希望通过市场调整期，使业务和服务网点更多地贴近客户。而它的三驾马车，如今都能独当一面，在市场周期的逆境中互补，顺境中齐头并进。胡正华开始计划福美来不动产向长三角一带延伸，通过这个布局和整合，在整个行业或者在以上海为龙头的长三角区域里领先。"这始终是我们的方向，我们会朝着这个方向走，用我们特殊的模式去发展。"

（唐颖豪）

长长久久才是好企业
——访上海智恒加诚房地产经纪有限公司董事长黄建明

【题记】

  黄建明一手缔造的智恒房产是上海第一批成立的房产中介公司,一度成为上海滩名列前茅的中介机构,风光无限。2005 年,智恒房产遇到前所未有的困难,险些从行业中消失。令人吃惊的是,从巅峰到谷底,之后又奇迹般地迅速恢复,智恒房产始终在上海房地产经纪行业的最高荣誉——金桥奖名单之列。很多人好奇,他是怎样化解危机,带领智恒房产迈过难关的?又是怎样稳住阵脚、恢复元气,重新强大起来的呢?让我们听听黄建明怎么说。

元 老 中 介

  智恒房产不愧为上海房地产中介机构中的元老。它在 1992 年开始运作了,1993 年 9 月正式注册成立,是整个上海注册的第 17 家代理机构,也是第一批成立的房产中介公司,到今天已有 17 年历史了。

  智恒房产的创始人黄建明介绍:"最初,智恒的主营业务是销售代理。1995 年,智恒始设沿街店铺,这在当时的'换房'时代属于首创。1996 年,房屋置换市场异常红火,淡水路、复兴中路上的中介门店热闹非常,很多人要换房子。我们意识到,房屋置换可能是个机会。

1996年10月，公司引入连锁经营模式，开始门店的网络化布局，成为上海市第一家房屋连锁中介企业。"

智恒的网络化、科技化管理领行业之先。黄建明笑称："我这辈子如果不做房地产，可能就去做网络了。"智恒在上海经纪行业内最早提出了网络概念，并率先实现网上查询房源。1994年，黄建明参加了上海市信息科技委员会组织的一次网络技术学习。当时，网络还是一个新生事物，他对网络产生了浓厚的兴趣，并请市科委旗下企业帮助将网络技术引入门店管理。1997年9月，智恒房产率先将互联网概念引入房屋中介业。之后，智恒又在业界率先打造了网络资源平台，并开设了自己的网站，进一步巩固了连锁房屋中介的资源优势。

智恒房产重视人才，聘请高级人才担任公司顾问、总经理，从根本上再造管理流程，并提出"以客为尊"、"三价一致"等服务理念，向客户提供无差价的透明中介服务，广受好评。

从1996年到2004年的9年间，智恒的事业全速前进。门店最多时达到170多家，超越所有同行，成为上海房地产经纪行业的一面旗帜。

现在，提起智恒房产的名字，很多老上海耳熟能详。历经17年的岁月洗礼，智恒的品牌已经在上海百姓心中深深地扎下了根。

大 起 大 落

地产业对于政策相当敏感，而政策的风险往往难以预料。2005年，顺风顺水的智恒房产遇到了始料不及的巨大危机，命悬一线。

2005和2006年，国家和上海市相继出台的一系列房产调控政策使上海三级市场经历了巨大震荡：由售转租、持币观望、交易萎缩……沪上各大中介公司在此影响下均度日如年，纷纷关店、撤退、转行。有关数据显示，上海房产中介机构总数已由高峰时的1.2万家，降至8 000家左右。智恒房产亦举步维艰：门店数量由鼎盛时期的170多家锐减至40多家，并且持续亏损，前景堪忧。一时间，"中介巨鳄骤然瘦身"、"品牌中介资金链断裂淡出市场"……谣言四起。智恒房产犹如行驶在激流险滩之上的大船，随波起伏，随时可能触礁沉底。那段日子，智恒是怎样走过来的呢？

对于智恒曾经走过的弯路，黄建明并不讳言。他平静地说："智恒发展中动作太快，品尝了冒进的苦果。宏观调控一来，资金紧张，甚至有六七家门店未开业即关门。以前，管理层光研究怎么做好业务，对整个市场的研判、公司结构的治理、股权分配、公司的可持续发展等等,都没有很好地研究。"

根据发展需要,智恒果断做出了关店的抉择。黄建明惋惜:"智恒当时受到很大的冲击,把我们之前多年积累的利润冲掉了。最大的遗憾是损失了大量优秀的员工,当时花每月2 000元的上海最高底薪招聘且培养的一批人才,都四散到各行各业去了。"

经历了事业的大起大落,黄建明深刻体会到:"一个品牌要做到长长久久,这样的公司和品牌才有希望。如果今天非常好,明天就在市场中消失了,那它太令人痛心了。"

重 整 旗 鼓

从"止血疗伤"到重整旗鼓,智恒只用了短短两年时间。全面收缩之后迅速恢复的秘密是什么呢?

黄建明分析,虽然元气大伤,但智恒房产的品牌知名度和美誉度还在,遍布全市的门店网络、业务骨干还在。

智恒70%以上的店长拥有10年以上的从业经验,40%业务员拥有6年以上从业经验。把购房大事交给这些经验丰富的业务员操办,老百姓感觉很放心。运营方式上,智恒选择了直营和加盟两条腿走路,并将市场拓展到全国,这是智恒快速发展的关键。

2005年9月,智恒房产在经历了长达半年的亏损后盈利1万元,成功"止血",业绩上行。2006、2007年,智恒房产正式引入加盟模式。2008年初,智恒宣布发展模式转型,由全面直营向加盟靠拢。保存原有的一手房代理、二手房经纪、房产金融、房产人力资源管理、房产人才培训等一系列业务,改变全面直营方式,由"经营业务"向"经营市场、经营渠道"转型。发展特许加盟,形成"直营+加盟"、"盈利与控制风险兼顾"的双轨发展策略,并提出了"打造中国最具影响力的房产服务品牌"的战略目标。

2010年,智恒房产门店在全国齐头并进,成绩显著。

如今,智恒房产在上海已拥有近百家门店。同时,智恒房产的门店在全国包括青岛、郑州、重庆、北京等多个城市遍地开花。

谋 定 全 国

胸怀大志的黄建明正在等待一个属于智恒的时机。他不喜欢时间表,

长长久久才是好企业

用最适合的策略、最务实的态度,稳健找契机,对智恒来说是最好的选择。

黄建明说:"我每天都在思考着怎样引进人才并加强管理。这几年,不断有新鲜血液注入智恒房产的肌体,一个生机勃勃的智恒正在蓄势待发。智恒房产在人员布局、股权结构方面做了调整,更利于激发团队的战斗力。"

面对 2010 年的调控,黄建明说,市场不好的时候,正是内部调整的好时机。2010 年,智恒提出"门店自律"的口号。市场不好的时候,竞争变得异常激烈,也因此成为各类争抢客户事件的高发期。针对这种情况,智恒房产要求杜绝无序竞争、恶意竞争,制定了不许业务员打电话骚扰客户等一系列自律条款。

智恒重视亲情、人际关系和团队氛围。它的企业文化是引导员工做善事、做好事、做本份事。公司的洗手间里也写着一些警示语:"不害怕、不回避、不抱怨、不气馁";"走遍千山万水、吃遍千辛万苦、说尽千言万语、想到千方百计"……细品之下方能体会到管理者的良苦用心。

黄建明酷爱运动,乒乓球、羽毛球、马术、高尔夫球样样精通。在 2010 年协会主办的乒乓球联谊赛上,他亲自率队出征,既当运动员又当教练员,最后勇夺团体第一名的好成绩。体育精神同样贯穿到智恒的团队建设和日常管理中。智恒"讲比赛也重友谊",做业务要努力拼搏、不怕苦累、力争上游;同时,努力营造温馨和谐的家庭氛围,重视沟通交流与协同作战。"每个人都有故事",是智恒重视员工且将员工视为长期的朋友和亲人的最好印证。

智恒房产还是一个有社会责任心的企业。智恒与多家企业赞助筹办"东方新魅慈善义演会",共筹得爱心捐款 40 多万元,全部捐献给上海儿童健康基金会;向上海市抗"非典"专项援助基金捐赠;向上海徐汇区教育局捐款资助教育事业;捐助"希望工程"帮助上海市特困学生;向工商联"光彩事业"捐款为发展老、少、边、穷地区教育事业做出贡献;每发展一个区域,就向慈善机构捐赠 1 万元,发展一个门店,捐赠 1 千元,每成交一笔业务,捐赠 10 元钱。

黄建明既是智恒的创业者,也是守业者,他对智恒满怀父爱。他说:"智恒房产就像我的一个孩子,我们内部已经做好了各方面的充分准备,完成了从单一房地产经纪企业向房地产经纪、房地产金融、房地产开发综合发展的运营拓展模式的转变,我们会根据自身的发展和市场情况选择发力的最佳时机,相信这个时间不远了,也许就在明天!"

怀揣远大志向、不断积蓄能量的智恒房产,祝福你一路走好、一飞冲天!

(佟继萍)

做最具声誉的房地产综合服务商

——访上海立超房地产顾问有限公司总经理朱谦

【题记】

　　立超是上海 20 家金桥奖代理企业中唯一专门从事商业地产的公司,至今已成立 13 年。立超总经理朱谦年轻、务实、精干。他勇于创新,从住宅到商业,再到零售终端;他重视人才,强调用人不疑,疑人不用,鞭策员工不断进取;他爱惜品牌,致力于成为中国最具声誉的房地产综合服务商。

市场细分带来商机

　　1992 年朱谦从上海交大毕业,毕业后分到汽车中心,工作一年多,准备考研究生,在考研究生的过程中去找工作。一个偶然机会,去了信义房产,在信义这三年,做了一年半业务和一年半主管,觉得自己很适合这个行业,就产生了成立一家自己的地产公司的想法。1997 年 7 月,朱谦注册成立了自己的公司,创业注册资金 50 万元,其中有 30 万元是从父母处借来的。

　　立超的第一家店开在古北,主要做住宅,一年以后开始做商铺。2002 年住宅地产形势很好,有些商业公司开始转向住宅地产,但朱谦还是坚持商业地产的选择。

　　"任何一家公司,只要找到了适合自己发展的一个切入点,利用自己的优势取长补短,都可以变成商机。有些公司专门做中档住宅,有些公司专门做高档住宅,甚至还有公司专门为外籍人士服务,市场越细分对各家中介公司来说机会也就越多。"

2007年,立超退出住宅中介市场,精耕商业市场,并在这一领域取得骄人业绩。

经过13年的发展,立超成为中国地区提供房地产综合服务的领先机构,一直致力于为业主、投资者和物业使用者持续提供最具专业价值的房地产综合服务。服务遍及中国主要城市,业务领域涵盖办公楼、商铺、住宅、工业、酒店、服务式公寓。无论是综合项目还是专业设施,均能在研究与咨询分析、项目发展顾问、营销推广、租售代理、投资顾问、资产处置、资产营运管理等方面提供全面的地产服务。

连续五届获金桥奖

金桥奖一直被业内外公认是上海房地产业界"第一奖",评审相当严格,每年只有少数优秀单位才能获得。立超自2005年开始参评金桥奖以来,连续五年获此殊荣,这是对其实力与业绩的充分肯定。2006年立超又荣获"中国房地产经纪行业商业地产经营TOP10"。

罗曼·罗兰有句名言:善良是人的道德品质中最珍贵的。立超的经营理念就是"以人为本,以客为尊,追求至善"。"有德有才,我们重用;有德无才,我们培养;无德无才,我们肯定不用;无德有才,我们也不用。"

公司从创业之初就坚持:"慎选所爱,甚爱所选。"选拔人才不是单单看文凭,面试也不是过过场。公司有一套非常科学的LCIS招聘系统,有多达60多种测评标准,全面选择需要的人才。

员工进入公司后,会有一种家的温暖,从总经理到普通员工,都会耐心教导,全心培养。新员工第一个星期,都要在总公司集中培训企业文化及一些最基本理论,然后再分到各个部、各个区,如商铺、办公、工业,由各部门主管再进行专门技能培训,边培训,边上岗,采取师傅带徒弟的方式。三个月合格后,转为正式员工。公司还坚持每周对员工进行专业技能的强化培训,并经常举办时政、创新、文艺等培训班。在立超,一切以业绩说话,有能力就升职很快。有些同事工作三年还只是业务级别,而有些同事一年多就升为主管。公司鼓励员工要有上进心,今年挣5万元,明年挣10万元,后年要挣20万元。

朱谦"疑人不用,用人不疑"的放权模式,使各级员工能力得到最大限度发挥。"有多少经理就设多少部门"是公司稳定发展的一种保障。立超员工专业性强，还是能创新、有品德、符合现代社会发展的复合型人才。

如今，立超已成为商业地产的金字招牌。在上海乃至全国，都有很高的知名度和美誉度。上海的商业中介人员中，有50%都是从立超出去的，公司经常被称为商业地产的"黄埔军校"。员工一旦有过在立超工作的经验，在雇主眼里就成了"专业人才"。

朱谦说："有合作过的开发商，虽然认可我们的专业度，但觉得我们的收费高，想采取直接挖人的方式节约成本，结果是人挖过去后，项目也能做到满租，但租户档次参差不齐，整体租金一直上不去。最后只能再求助立超。之后他们明白了一点：立超强调的是整体运营能力，包括定位、招商、经营等，是一个整体系统，单靠一个人无法完成。"

立超一直坚持"以客为尊"，特别重视对老客户的维护。成交两次以上就能成为 VIP 客户，佣金打折，每月还给他们提供最新的资讯报告，并把好房源及时通过短信等方式给他们。立超现有 VIP 客户 1 000 多位。

朱谦说："我们的目标是成为中国地区最具声誉的房地产综合服务商。我们总能不断超越客户的期望。我们洞悉房地产市场的各个领域，这有赖于我们强大的数据管理系统和数十年房地产服务经验。"

尽管公司经营非常成功，但朱谦就像他的名字一样，并没有居功自傲，仍然以一颗平常心淡然视之。"桃李不言，下自成蹊"，这种低调背后的从容，或许才是公司最珍贵的财富。

在百货业大展拳脚

立超不仅是从事商业地产的中介公司，近年来公司也在不断投资和经营一些商业物业。2004 年立超斥资 1 050 万元在人民广场 CBD 区域购买海通证券大厦，打造立超商业地产总部。

2010 年 1 月 1 日，立超在重庆市投资的大型商业地产项目——重庆金豫时尚购物中心正式开业。购物中心位于重庆市南岸区学府大道，处于南岸区 5 公里，是周边地区目前最大的综合商业中心，建筑面积 3 万多平方米。购物中心融规范化、品牌化、专业化为一体，汇聚 NIKE、ADIDAS、PUMA、李宁等众多知名运动品牌。这是外地分公司在投资经营领域的首次尝试，也标志着向百货行业进军的决心。

重庆项目成功之后，2010 年 2 月 11 日，立超投资经营的金豫名品折扣中心也在上海最中心位置——城隍庙隆重开业。金豫名品地处上海市黄浦区知名旅游胜地豫园商圈，总面积2.85万平方米，是集百货名品折扣、酒店、餐饮、娱乐为一体的大型购物商场。汇聚了众多国际知名品牌，以全新的折扣式百货消费理念，结合亲切真诚的贴心服务，在豫园地区打造全新的购物天堂。这标志着立超在商业地产运营管理方面进一步走向成熟。由于定位精准，现在金豫名品已成了很多旅行社带团的一个必到之地。

最近立超又和绿地集团合作，在上海五大别墅集聚地之一的莘闵别墅区核心地带建设一个综合性商业生活广场——金豫生活广场。该项目建筑面积4万多平方米，其中大型卖场家乐福面积2万平方米，大光明影院面积0.2万平方米，其余1.8万平方米为商业广场，项目以餐饮休闲娱乐为主导，辅以生活便利服务和居家购物，建成后将成为莘闵地区的一大亮点。

百货业进入门槛最高。现在公司员工一部分做百货，一部分做项目，齐头并进，大大提高整体运营能力。

经营比地段更重要

对如今楼市明显的商住倒挂现象，朱谦认为商业地产发展潜力巨大。市中心老的办公楼，房龄是1996、1997年的，有的才卖1.8万—1.9万元/平方米，但周边的老工房竟卖3万元/平方米。1996年的房子和2006年的房子，现在看来差别很大，再过十年新旧差别就没那么明显。地段不会改变，新旧却会改变。

对商业地产来说，地段很重要，但经营更重要。商业项目要想成功，定位占50%，招商占10%，经营占40%。五角场有个项目，全部出售后，发现根本没法做经营。还有一个颇有名的商业项目，开发商承诺5年的包租期，卖给1 200个小业主，5年包租到期后，项目接下去如何做，小业主和开发商争执不下。住宅再差，总能租出去，但商业项目失败了，只能"喂蚊子"，卖不出去，租不出去，还得承担高额的物业费。

如今住宅房地产遭遇"史上最严厉调控"，许多中介公司将商业地产作为"救命稻草"。朱谦表示，房地产中介公司和开发商一样，如果要真正地做到长命百岁，必须求之于商业地产。比如万达是全国将商业地产做得最好的一家房地产开发商，在面临大起大落的房地产市场时，也是经营最稳健的一家公司。

从长远看来在经营住宅类房产的同时，必须以商业地产作为自己的避风港。但并不是所有的中介公司都能认识到这一点,也不是所有的中介公司都能做到这一点。投资商业地产必须有很强的专业知识,在前期规划、运营管理等方面,相对于住宅类地产都复杂和专业得多。

（张之花）

为您，我们用心来做
——访上海仁丰房地产经纪有限公司总经理高杰

【题记】

　　高杰，上海人，在平日的生活和工作中最怕听一句话："拿钱不做事"；经过部队磨练的他，做事一贯认真细致，工作中比较注重行政事务，被员工戏称为"卫生检查员"；他有部队和 EMBA 学历背景，并长期从事咨询投资类工作，管理经验丰富；他经历了我国改革开放以来的经济浪潮，真诚坦言希望房价保持平稳；不想"赚快钱"的他，将经纪行业作为人生主要事业之一，精心经营，不断地学习。高杰常常用管理大师德鲁克的一句话来激励自己和团队："坚持把每件平常的事都做好，就是不平常的事。"

重组新仁丰

　　新仁丰成立于 2009 年 5 月 18 日，由香港仁丰投资顾问集团有限公司和上海仁兆投资管理有限公司共同出资，重组上海仁丰房地产经纪有限公司。

　　作为公司高层，高杰表示："由于看好房地产经纪行业的发展，为成功开拓市场，收购重组了仁丰。仁丰创立于 2001 年，是上海本地的老品牌，有一定市场知名度。我多年来与仁丰有过许多接触，对企业情况也比较熟悉。经过一年半的重组和改革，公司的综合运营有了一定的发展，仁丰的各项工作也已步入轨道,正朝着既定的方向进发。"

"一切从内务开始",是军人出身的高杰带领新仁丰开疆拓土的第一步。高杰做事认真用心,对于行政事务工作较看重。他说:"部队里有句话叫'内务合格才是一个合格的兵',内务环境能体现一支部队的精神面貌,是考核战斗力的一个重要标准。现在的员工多是"80后"、"90后",生活习惯都比较自由散漫,内务工作可以培养一个人良好的行为习惯,对今后晋升做行政管理工作也有重要帮助。尤其在我们仁丰刚起步发展的阶段,非常有必要建立一支拥有良好工作生活习惯的团队,才能满足客户和市场的需要。"

高杰注重细节,更思考方向。重组后的新仁丰将按照公司制定的发展规划,实现起步、发展和飞跃。

首先作资源整合,由北区开始布点,着重加强内部信息化管理系统(ERP)的创建,力求达到在同行中较领先的地位。仁丰设立了专门的信息部,引入软件工程师,创建了适合公司的管理系统,并提高各级员工信息化管理的理念,为未来多点分布管理提供技术支持。仁丰将实现80%无纸化办公。

接下来将在人才培养、培训上多用功夫。仁丰接近80%以上的干部是内部提拔的,很多中高层管理人员都在公司共事了5—6年时间,普通员工也都有3—4年的从业经验。

专注直营反对加盟

高杰不想"赚快钱",而是将经纪行业作为自己的主要事业之一,全身心投入。

新仁丰成立后,高杰最大的动作便是对企业经营模式的改革——坚决摈除加盟业务,集中资源和精力投入直营体系,力求给予客户最大的保障。

高杰说:"加盟店管理松散。加盟店东,以个人为中心,各自为政。有的店东自己不做了,店铺几经转手,新任店东连身份证都没有。类似的情况一多,加盟店经营管理的风险就会很大。俗话说,好事不出门,坏事传千里。一旦发生坑蒙拐骗的事,仁丰的品牌就砸了,我们做一百件好事都无法弥补。我接手仁丰之后,整日寝食难安,生怕加盟店做出有损客户利益的事,所以还是一咬牙全收回了。"

收回工作开展时正值2009年3月以后,市场渐热、成交反转,各加盟店的生意都很好，也遇到了一些困难。但高杰认定的事一定会坚持到底，几十家加盟店半年时间全部收回，为此也作了大量的工作来安抚投资方和股东。

刚刚1岁半的新仁丰，已有较好的表现，目前拥有30家直营门店，又有5家在筹备中。公司现有员工近500名，上海地区的30家门店，主要分布在上海北区，如杨浦、虹口、闸北、普陀、宝山等区域。通过每一位员工的不懈努力，仁丰以"专业的，值得您信赖的"专业服务理念为目标，赢得了社会广泛认同，并获得了第九届上海市房地产经纪行业"金桥奖"等荣誉。

认真做事主动服务

严格就是最严肃的爱。军人出身的高杰将部队里的优良传统带到企业管理中，实行半军事化管理，打造一流执行力。他延用自己读EMBA期间所学的专业知识，制定了一套严格而规范的企业制度，从而进行有效的工作管理，不断提升团队的工作绩效。

仁丰总部的墙上，贴着许多标语，其中有一段："我们在与人相处时，不要总是想着怎样从别人那里获得好处，而应该多去想想怎样履行好自己的责任；我们应该多去感动别人，而不要总是让别人来感动自己。"它体现了仁丰认真做事，主动服务的理念。

高杰认为，经纪行业是一项服务性行业，要求从业人员要有主动服务客户的意识。仁丰一直致力于努力加强全体员工主动服务理念，坚信只有比拼售后服务质量，才能在高度竞争的经纪行业中脱颖而出。例如规定：客户所需要的材料，可以不需要客户上门来取，仁丰经纪人会寄快递或亲自送上门。从细节处体现了主动服务的意识。2010年政策频出，购房者普遍感觉贷款时间延长了，带来很多不便。针对这种情况，高杰要求仁丰的贷款部门不但不能拖长贷款时间，反而要比原来的时间提前3天办好贷款，让客户切实体验到服务的价值。缩短交易流程也极大地降低了违约风险。在仁丰，客户可以指定签约地点。不仅可以在委托门店的总部签约，还可以在离客户家比较近的仁丰门店签约，公司全体经纪人都会予以配合，帮助客户完成签约等交易全过程。近期，仁丰开展了许多服务竞赛活动，以期不断提高客户的满意度，还设立了客服回访和投诉直线，及时解决回馈客户的意见，并时常举行一些小活动如赠送一些礼物、和客户访谈等，让客户感受满意的服务并提升公司服务理念。

高杰一直认为："适度竞争是必要的，但内部竞争过于激烈，不利于团队协作，会造成企业内耗，甚至损害客户利益。仁丰上下一直在为员工营造一个宽松、愉快团结的工作氛围而努力，来确保客户利益和满意度。"高杰本人是体育活动的积极分子。每逢仁丰体育活动日，领导和员工之间可以在竞技场上切磋交流，强身健体的同时，交换意见、沟通心灵。

仁丰有宽松、自由的氛围，但做起事来，丝毫不含糊。高杰说："我希望与下属统一思想，即使有人认为我的想法很怪，也希望他们能够接受并照办，这就是执行力。"

诚实善良胜过业绩

仁丰重视人才的内部培养提拔，不喜欢同业挖角。公司建立了完善的人才培训和储备机制，聘请资深讲师固定培训的同时，自己培养了多名培训师。

高杰经常坦诚地对员工说，做经纪人这段人生阅历是宝贵的，你在仁丰学到的东西，将受益终身。高杰经常告诫仁丰的中高层管理人员：领导是管家、是保姆，更是老师。在仁丰做领导，是辛苦不是享乐，一点不轻松。在培育下属的同时，更重要的是要把自己历练培养成真正的职业经理人。

在仁丰，业绩不是评价员工的首要标准。仁丰重视员工与企业文化的融合度，"相互团结、相互帮助、相互理解、相互信任、相互奉献"这 20 个字既是营造和谐团队氛围的"企业灵魂"，又是员工晋升的重要考核标准。

仁丰管理层大部分是内部培养提拔的，也有小部分从社会招聘。高杰说："仁丰招人，人品好、善良是第一位的。"招聘时，我会问应试者一些与行业无关的问题，测试他们的诚实度及对问题的看法，尽快了解他的人品和为人处世的方法，以判断这个人是否适合仁丰。比方说，"怎样处理家庭纠纷"、"对外来务工人员的态度"等等。对于社会上招聘的管理人员也会尽快安排培训和环境适应课程，让新员工既来之则安之，快速融入。

薪酬的话题一向重要而敏感，仁丰内部流传的《猫》的故事，可以理解为仁丰薪酬体系创建的指导思想，如果你不认同这种思想，就不用来应聘仁丰了。故事是这样的：主演全球著名音乐剧《猫》的演员有两类：一类是正式演员，必须参加每周定量的排练和演出，比如在百老汇每周必须演出 20 场，从而每周获得 2 000 美元的报酬；另一类是替身演员，每场演出都在后台静坐待命。替身演员并不一定会上台表演，但他们却被要求学会该剧中五个不同角色的表演，一旦某位正式演员受伤不能演出了，他们就得登台救场。在报酬上，他们每周无论是否登台演出20场，都可以得到2 500美元。为什么替身演员能更轻松地拿到更多的报酬？其实，能够扮演5种角色是一种很高的技能要求，剧组正是基于这点为替身演员付酬的。这正是一种典型的基于人本身的能力来支付薪酬的方式——能力薪酬。

这种重视员工的职业规划和能力提升的做法深得人心。很多员工都愿意留在公司，长期与仁丰、与企业共成长。

业绩之外，爱心和责任也是仁丰不懈追求的企业境界。公司财务将平时的员工违纪罚款都积攒起来，作为公益基金，扶贫帮困。2010年8月间，得知公司办公所在地物业管理处一员工家中困难，公司派代表前往慰问。在得知该员工的儿子和父亲同时身患重病，儿子发奋学习考上大学的情况后，高杰立即决定帮助其支付学费，支持有志青年安心完成学业。作为具有强烈社会责任感的企业，仁丰地产热情支持并积极投身各类社会公益事业，担负起社会公民的责任和义务。

"团结就是力量，这力量是铁，这力量是钢……"这首铿锵有力的歌被高杰选定为"仁丰之歌"，唱出了仁丰人昂扬向上的精神风貌。善良做人、用心做事的新仁丰，正以奋进的姿态迎接灿烂的明天！

（佟继萍）

"守"出来的竞争优势

——访满堂红(上海)置业有限公司总经理王峥

【题记】

　　地产界,有南派和北派之分。因地域、人文、环境、市场的不同,南派精细,北派地利。2007 年,"华南虎"满堂红北进上海,并拉开全国布局。这是一支来自广州与中原、合富并驾的中介大佬,发展势头迅猛。从初创期锋芒毕露,到如今低调稳健发展,这样的经历让上海满堂红更有信心向做强做大的目标前进。秉持"让中国人住得更好"的企业使命感,所有满堂红人一直为打造百年老店的目标而努力。

从转行到创新

　　2010 年 9 月,刚刚从满堂红中山分公司调动到上海,接任上海分公司总经理的王峥,背负重任。

　　在满堂红这个注重提拔内部业务骨干的大家庭,王峥是为数不多、从其他行业转来的"空降兵"。用他自己的话描述:"满堂红十分注重人才培养,9 个分公司总经理除 1 个外全部由基层提拔。"而他却是个例外。

　　上海大学 4 年,后海外留学,做过家电、咨询业,却被"伯乐"满堂红(中国)集团老板相中,从此结下了人生的地产缘。对于从咨询业到房地产中介高层的大转身,王峥觉得两者之间共通点很多。

王峥说,房产中介行业有着特殊性,既不像快销,也不像高科技,而且人才与外行交流不多,当时选择进入也是一种挑战。但从管理角度来说,这几个领域无本质区别。就好比中介南派,注重对数据分析,对市场有自己独特分析把握;而北派,注重业务实践,以工作执行力为目标,总部对业务指令下达到门店强调执行力。两者最终目的都是优化业务链。

进入满堂红的第一年,正逢这只"华南虎"开始实施全国战略。从没接触过房地产中介业务的王峥被"空降"到广州中山市场,肩负开拓空白点与创新加盟店的重任。时至今日,中山分公司的运营让人满意,5家加盟店、14家直营店均处于盈利状态。但在王峥看来,中山不能作为操作市场的成功案例。满堂红曾希望通过引进外部投资者的方式,直营体系管理,对方分享成果,从而达到引入人才的目的。但在实践中发现,很多管理都耗在内部协调上。于是,满堂红基本暂停加盟拓展。

如今,接手上海分公司,王峥仍然决定利用自己的"外行"优势。"每个中介都有特点,但也有不足,既然对手不完美,便有实现自我价值的可能性。对满堂红而言,上海是不会放弃的市场,只有在上海行通后,经营模式对全国才有借鉴意义。"所以,王峥以开放的心态学习,更多地借鉴本地行家做法,结合满堂红优良传统,体现特色管理。

从快打到精耕

2007年,满堂红这只"华南虎"进军全国的步伐加快,上海分公司顺势而进,当时选择走城郊结合路线加网络营销的快速突围方式。

2007年是满堂红上海分公司成长最快、最早实现赢利、锋芒毕现的一年,一连串扩张"一气呵成"。它于2006年10月起筹建,在虹桥宾馆举办了第一场临时招聘会,当天1 000多个人来面试,最终录取20几名。第一批人员立马回到广州总部实习培训,3个月后返回上海找门店。2007年2月,满堂红上海办公总部和第一家虹井店同时开业,4月拿到执照。虹井店在开张当月就做出10万元业绩,此举鼓舞了所有人的士气。每个人都以创业者的激情做事情。这一年,满堂红上海分公司创下多项纪录:开业4个月,实现赢利,是所有分公司中最快的;至10月已开到30家门店,横跨闵行、普陀、浦东、徐汇等区域。

2008年,楼市突遭调控,市场走势陡然直下,2007年的"快"成了满堂红的致命软肋。由于2007年的快速扩张,37家店中12家刚装修好尚未开门,

10 家开门不到两个月,明显准备不足,后台管理也暴露出跟不上的缺陷。这时,管理层清晰认识到,在上海这类竞争激烈、易受调控的大城市过快扩张有风险,必须稳扎稳打、培养人才。于是,公司痛下决心,收缩转移,"把拳头捏起来打"。随即,全线收缩浦东市场集中到闵行,集中精力深耕市场。2008 年,当所有中介都在亏损时,满堂红闵行区块保持盈利。

2009 年与大部分同行一样,市场回暖来得太快,大多数企业却还没反应过来,而满堂红集中精力深耕市场已经有了惊人的回报。2009 年上半年实现业绩 5 连阳,一月比一月高。满堂红主席甚至开玩笑说,比股票收益还要好。虽然此时的满堂红规模小,但胜在个个都是精兵强将,单店产能高,人均每月 1.4 万—1.5 万元,店均每月 17—18 万元。其中,闵行万源城上半年成交的二手房有 40% 是满堂红做的。

2010 年,市场又遇调控,这一次满堂红显得从容。4 月新政后,满堂红集团在全国提出"不关店、不裁员"的要求,并细化到原续租门店再续,或者转租新的铺面,不允许任何分公司以任何方式裁员。同时,加强人才培训。新人强化班,1 个月开 2 次;老员工再培训计划,宁可暂停手中业务也要投入到专业培训中。满堂红员工笑称,这才是真正的"练内功"。如今的这 22 家门店越走越稳健,当年的虹井店即便在市场最低谷时期仍能夺得金汇板块的前三。王峥说,满堂红正向下一目标逐渐靠拢:继续优化服务,这是中介经营之本;加强团队管理,由于中介行业特殊,要用规范合理的业务行为来规避少数人员不负责的承诺;着重上海市场调研和理解,通过数据分析,逐步扫盲满堂红的空白区;1—2 年内成为闵行等一两个区行业领先者,在适当的时候向周边渗透。

从突围到守业

对于每一个新进公司来说,最大的难点在于如何克服地域差异,本地化还是单纯复制广州的营业模式才最有利于发展?王峥称,至今还是不断摸索的阶段。

二手中介行业发展迅猛,竞争激烈。让满堂红一直立于不败之地并越来越成熟的核心竞争力,在王峥看来有四样,一个是有文化,第二是优质服务,第三是创新,紧跟行业的潮流,第四是凝聚力。

一方面,满堂红会让所有新进员工接受培训,让他们零距离地感受满堂红文化和办事规章制度,另一方面,老员工不断提高和团队合作,同时跨行业学习，产生一个彼此相互沟通和激励的良性机制。"在满堂红，我们只作正面激励。"王峥说，中介人员素质高低不一，但在满堂红这个大家庭里，已相继送往香港浸会大学就读 MBA 超过 20 名，更多的人完成了本科再教育培训。而且满堂红的股东们也都非常乐意为提高整个企业素质的项目不断投入资源。满堂红学院鼓励员工个人进修发展，推动了整个公司文化水平的提升，教学相长，员工把能力发挥在工作中，慢慢形成了满堂红的优势。

为了把优质服务这个理念灌输到每一个满堂红员工的心中，集团特地在全国设立 400 客服电话，24 小时开通。如果是投诉，4 小时内回复，紧急重大投诉 2 小时内回复，咨询 24 小时回复，只有这样才能保证每个分公司的服务体系一致。"客户在门店放盘后，马上会收到集团发出的客服短信，而且每一位一线经纪人的名片上也必须打出 400 热线，随时接受客户的监督。"王峥说，不仅业务员之间会比较，分公司与分公司也会横向比较，因为满堂红不想做一家"开关店"。

网络经纪人的概念最初也是由满堂红推出的。如今的中介处于一个日新月异的行业，满堂红提倡员工们从新角度思考，勇于尝试新的东西。2005 年，率先推出网络经纪人，强调做生意先做人，公开他们的个人博客、照片，慢慢地引导购房者跟着人走而不是跟房源走，时至今日仍是领先企业。"现在网络铺天盖地，以后发展趋势一定会是汰弱留强，不熟悉网络这项工具的经纪人会被淘汰。"王峥表示，当年进入上海时给同行最深的印象就是运用网络做业务的公司，还纷纷到满堂红来取经，如今每一家都已离不开网络。

即便是在各个区域市场逐渐成熟，满堂红也会不断地创新。比如别人看不上眼的租赁，到了满堂红却变成"热门"。闵行古美西路的一家门店，仅6 月就开了 30 多张租赁单，而隔壁的 W 公司只做了 7—8 单，Z 公司仅 4—5单。同行都好奇，究竟是什么秘诀让业务员的积极性这么高？说白了，诀窍其实很简单，就是满堂红员工自上而下的重视。因为业务员中新员工的比例通常比较高，做业务的技能不是一天就能练成，而且也不可能每周遇到买卖单，反而做租赁单既多又容易。不少同事天天都能开单，整个门店的氛围就特别好，久而久之大家都养成了习惯。满堂红也尽量提高租赁提成，鼓励员工多些实战成交经验。业务做得好的业务员，一个月光租赁提成就能拿到四五千元。有些中介公司只有在市场清淡时才想到租赁，满堂红不论在市场低和高时，都能够抢到业务。

从重服务到尊重人

满堂红人人心中都有这样一个坚定的目标,做百年老店,做一个注重经营质量、长期为客户提供高效服务的公司。

王峥说,在满堂红,老客户和连环客户很多,因为他们信任满堂红的服务。2010年38摄氏度以上的高温天特别多,有的员工好不容易做成了租赁单,等到客户搬家那一天业务员还无私地帮忙楼上楼下搬家具,客户深受感动,想请业务员吃顿饭、递个红包,都被满堂红的业务员一一回绝。有位老大爷宁愿舍弃其他公司的买房折佣机会,也要到满堂红罗锦店成交,他说,因为和满堂红业务员有感情。年初,一位客户先是买了套二手房,后卖了老房子,还顺带买了套一手房。三套房交易完后,他觉得满堂红经纪人特别专业和实在,又推荐自己的朋友来买房。就这样,满堂红的这名经纪人的连环佣金收入高达8万元。

对于员工,满堂红把他们视为家人。每年年会,满堂红都会在万众瞩目下把"年度巨星"请上台,并会根据巨星的性格特征,制定符合其气质的方式来迎接。2007年"年度巨星",总经理穿着黄包车夫的衣服,拉着黄包车,把销售冠军拉上了台;2008年用抬轿子的方式迎接"花木兰";2009年状元坐着花轿享受其成功的硕果。

除此以外,满堂红每年都会特别邀请优秀员工家属来参加年度盛会。曾经有位优秀员工把邀请父母的这次难得机会让给了岳父母,他说:"结婚的时候一穷二白,但到了满堂红变成只潜力股,我要向岳父证明当年他没嫁错女儿。"每月业绩卓越个人及团队都会获得公司丰厚的奖金及精心准备的奖品。2009年春节90%外地员工,都获得公司特别准备的暖心大礼包,带上上海的土特产、公司的暖宝宝,附上总经理亲笔感谢信及春节贺卡,感谢广大员工的付出及家人的默默支持。

如今,每一个满堂红人都在朝致力为消费者提供专业、优质的一站式置业服务的目标奋进。

（唐颖豪）

「守」出来的竞争优势

新十年，我们整装待发

——访上海九间伴房地产经纪有限公司董事长季文华

【题记】

2010 年 11 月 13 日，九间伴房地产运营机构度过一个令人毕生难忘的 10 岁生日。在竞争激烈、业绩无常，甚至被人戏称为"开关行业"的房地产经纪行业内，10 年的企业为数不多，打响品牌更加难能可贵。九间伴当家人季文华坦言："10 年，是一段心酸史，是一座里程碑，是终点，更是新的起点。九间伴已经找到了方向，但离梦想还很遥远，我们在路上。"

像大树一样成长

十年峥嵘岁月，十年春华秋实。回顾九间伴十年来的发展历程，从无到有，从白手起家到小有建树，九间伴一步一个脚印地实现了自身品牌价值的提升。

1996 年—2000 年，是上海房地产经纪市场逐步走向成熟的五年，也是九间伴源起浦江的开端。三家分别从事租赁、置换、动迁安置的经纪服务机构，于 2000 年 11 月 13 日整合为上海力江房地产经纪有限公司，也就是九间伴的前身。公司建立初期，共有股东 4 名，员工 14 名。现在，初创期的 14 名员工中，还有 9 人仍然奋战在九间伴这个和谐、温暖的大家庭中。

2005 年，九间伴遇到的第一个市场寒冬。很多企业在黎明到来之前，无奈退出。面临严冬，九间伴总结出"勇敢面对、精益做对、创新应对"的"三对"原则，利用市场调整，采取差异化经营，专注于中端市场领域。九间伴用自己的坚强与执著，经受住了市场的洗礼，完成了企业格局、人才、资源的大整合。

　　一个人、一家企业，只有在经历磨砺后，才能够变得成熟。2008 年，全球金融危机来袭，整个经纪行业面临着有史以来最大的危机与磨难，九间伴也为自己的年轻气盛付出了代价。2009 年，中国房地产市场在大悲之后迎来了大喜，九间伴也在艰难磨砺后，获得了市场给予坚定者应有的回报。成熟的九间伴人依靠对市场发展的辩证规律的深刻领悟，一步一个脚印，坚实而稳健地发展与前进。

　　2010 年，九间伴依旧坚定地行走在房地产经纪行业的道路上，业绩稳步提升，规模不断壮大。中介业务囊括了陆家嘴、潍坊、塘桥、花木、梅园、洋泾、金杨、金香等八大板块，交易量稳居浦东前列。代理业务方面，公司在沈阳、山东、河南等地都开拓了众多项目，取得了良好的经济效益和社会效益。

　　十年岁月，九间伴坚持"专业专注，创新服务"的经营理念，着眼于大市场、大思路、大发展的国际化发展趋势，做大市场，发展规模，打响品牌，在上海浦东房产行业形成了相当深远的影响力，成为上海房地产中介行业的优秀品牌企业。

像家庭一样温暖

　　企业竞争不光是经济和发展手段的竞争，文化的竞争才是最根本的竞争，品牌的竞争是需要文化底蕴的。九间伴正是这样一个拥有使命感和价值观驱动的企业，她的"家文化"，主张建立温暖有爱的和谐人文环境，强调思想的高度统一和团队精神。鼓励员工积极向上、快乐生活，更好地为家人拼搏奋斗，共同实现"让天下人都拥有自己想要的家"的伟大愿景。

　　九间伴的品牌源起于"家文化"。世界上最富足的家，就是中国北京的故宫，故宫的房子一共有九千九百九十九间半。季文华将"家"的概念分为三个层面：第一是小家，就是家庭，一个人要有家庭的责任感，要有爱；第二个是企业之家，作为一个企业，同事其实也就是家人，同事之间朝夕相处的时间可能比家人相处的时间还要多；第三个就是国家，生长在这片土地中，要爱自己的国家，爱自己的民族，做对国家有意义的事情也就不枉此生。

　　感恩是九间伴"家文化"的精髓。季文华回忆说："帮助过我的人不能忘。我的故乡在山东沂蒙山区,为了改变穷困的生活,我打过4年工,可是一次事故使我用尽积蓄,借钱度日。在我最困难的时候,是家乡父老的朴素情怀支撑着我重新站起来,来到上海。"九间伴虽然是一家民营企业,但一直将员工的切身利益问题放在首位,关心员工生活待遇,提高员工的福利水准。一直以来,公司免费为有需要的外地员工无偿提供宿舍,解决员工的后顾之忧。

有人的地方就会有矛盾,但九间伴是个例外。"克己复礼、能容则易"是"家文化"的一部分。寸有所长,尺有所短。每个人都有优缺点,要克制自己,包容他人。季文华十分注重与家人们的沟通,并总结出对待家人错误的"四错理论":第一次犯错叫"可爱",人非圣贤,孰能无过,这时候要包容,通过沟通知识和技能,帮助员工改正错误;第二次犯错叫"可惜",要沟通态度和思想问题;第三次犯错叫"可悲",严肃批评并再给一次机会;第四次犯错叫"可耻",将被淘汰出局。

万物皆辩证。九间伴一直在努力营造家的氛围,但有时又不得不跳开家的氛围。家太温暖,有时会消磨斗志,有时会不利于新人融入,有时会拖制度的后腿。保留了家的温暖,扬弃了家的弊病,九间伴的"家文化"更加丰满,更有战斗力。

像孩子一样学习

好好学习,才能天天向上。九间伴就像一个充满好奇心的孩子,孜孜不倦地吸收着来自四面八方的营养,吸取先进的经验,不因循守旧,适应企业自身的特点,不盲目抄袭。季文华分析了个中道理,抄袭就是邯郸学步,学到最后自己都不会走了。抄袭就丧失了企业的魂,失去了"家文化"的灵魂,就不是九间伴。为别人量身定制的衣服,一定不适合自己。所以,还是要动脑筋多研究,结合自身问题想办法。

向企业学习。中介市场的发展,不同的经营模式相互冲击,九间伴将这视为良好的学习机会。他们不仅学习行业内台湾、香港企业的模式、内地成功企业的经验,而且向跨行业的销售企业学习共性。九间伴独有的适合自身发展需要的经营和运作模式,就来自于这样不断的全方位的学习与整合。

向朋友学习。慎交、深交朋友是季文华交友的原则。常说的"物以类聚、人以群分",佛法中的"心随境转,境由心生",都是这个道理。志同道合的朋友,是学习的榜样和标杆,与之为伍,或激发思想的火花,产生心灵的碰撞，或使人免于浮躁，归于沉静。季文华认为，要修炼心性，首先要为自己创造一个天使的环境，不被魔鬼拉下水。

向书本学习。思考并解决问题是企业家每天的功课，想不明白了，就要向书本请教。季文华平日里最喜欢的四本书是《读者》、《成功人士的7个高效习惯》、《金刚经说什么》、《让心自由》。

向同事学习。九间伴主张在学习的基础上创新和发展，鼓励员工们提出好点子，集思广益，取长补短。

季文华常说，企业通过学习，才能适应不断变幻的市场。员工通过学习，才能找到自身发展的机遇，实现自身价值。学习型的企业，才是有责任感的、可持续发展的企业。

像英雄一样战斗

九间伴全体战士，将九间伴喻为"英雄的殿堂"。在九间伴这条战船上，他们都是水手，都是英雄，他们拥有自己的志向和理想，并矢志不渝地去追求、实现和奉行。他们乘风破浪，英勇地充当着九间伴的守护者，并在风雨洗礼中磨砺自己、战胜自己、超越自己、成就自己。

英雄是怎样炼成的呢？

贵在坚持。"今天很痛苦，明天更痛苦，后天会很幸福，但是很多人都死在了第二天晚上。"这是阿里巴巴集团创始人之一马云的一句名言。季文华很欣赏这句话，他说："有时候，再坚持一点，就能看到成功。"季文华回忆，他刚刚从事房屋置换时，挨家挨户敲门，问人家要不要换房子。第一天，敲了十家，被骂了九次，难过得要命。只有一家的门打开了，小女孩说，要等妈妈回来才能决定。他鼓励自己，敲十扇门找到一个客户，要想得到十个客户，则要敲一百扇门。"有了当初的坚持，才有今天的九间伴。"季文华常用这句话激励遇到挫折的员工："挨骂是为了成功。难过就找个墙角哭，哭完回来接着敲。"管理同样贵在坚持："决策前广纳贤言，决策后'独裁'到底。"一流执行力加三流点子远胜一流点子加三流执行力。

实行军事化管理。九间伴像家、像学校，更像军队。它奉行"知道是没有力量的，相信和做到才有力量"的行动准则，创造出"三遍掌声"、"好、非常好、yes！"问好、背诵企业文化等做法，将九间伴所要求的军人的服从、执行力、整齐划一的团队协作，落实到了员工日常行动之中，并以此为依托，潜移默化地融入到每一位战士的血液中，最终铸就了他们疆场搏杀时强大的战斗力。

　　培养"九间伴的英雄"还有三样法宝：文化、制度和物质。季文华说，文化是母，制度是父；文化是内向型思维，向人的内心寻求依据，而制度是外向型思维，考虑的是触犯后如何处罚。物质是基础，九间伴重视企业利润的分配，并正在试行股份制合作的激励模式。

　　十年弹指一挥间。对于善于思考和总结的九间伴人来说，积淀下太多的经验和财富。继往开来，摆在九间伴面前的，是挑战更是机遇。从十年到百年，争取成为中国房地产中介代理第一品牌企业，九间伴正矢志不渝地朝着目标前行。

　　最后，用季文华十年庆典上的一首感恩诗结束全文，重温九间伴十年金戈铁马、壮怀激烈，感慨九间伴人舍我其谁、英雄胆魄：

　　"十年创业百事艰，风云际会战犹酣。为有今朝家人在，跃马申城又十年。"

（佟继萍）

"做中国房地产业最优秀服务生"
——访上海房屋销售(集团)有限公司董事长周忻

【题记】

　　人说,十年磨一剑。十年对一个企业来说意味着什么?很多公司可能从大到小,从小到无,也有很多公司从无到小,从小到大,甚至成为行业"航空母舰"。易居中国就是这样一个企业,十年前,它还是一个数十人的小企业;十年后,成为拥有万名员工的大公司,成为同时在美国纽交所与纳斯达克上市的现代国际化企业。引领这艘"企业快船"前行的周忻,是一个中国楼市最富传奇色彩的地产名人。

从数十个人到万余人

　　1967年,周忻出生于上海,1990年毕业于上海工业大学机械工程系。

他以一个典型的上海年轻人的特征进入中国市场,精明、勤奋。同时,也有比传统上海人更多的冒险精神,这一点,决定了易居今天这个"中国第一房产代理商"的地位。

　　1992年,刚刚大学毕业不久的周忻有了一个机会参与一幅松江地块的住宅开发和销售,从此进入了他为之奋斗十余年并将继续奋斗下去的领域——房地产业。"3万元拥有一个家",这是周忻当时为这个楼盘设计的销售口号。从此,周忻在房地产销售方面的才能喷涌而出。

后来上房集团决定投资上房置换公司，邀请周忻担任总经理，一个真正意义上的上海房地产三级销售市场操作系统被推至前台。周忻等提出的"小小补贴换新家"、"梯级消费逐步改善"等概念在当时掀起一轮又一轮市场销售热潮。

2000年，周忻离开上房置换，建立上海房屋销售（集团）有限公司，进入房地产营销代理行业，开始了他的易居中国时代。此后数年，易居在上海独占鳌头，一直占据销售量最多的代理商位置，成为上海上一轮房地产腾飞的最大受益企业之一。

然而，周忻受到全国市场甚至海外市场关注还是从上市前后开始。2007年8月8日，易居（中国）控股有限公司（纽交所上市代码：EJ）在纽约证券交易所正式挂牌，成为在美国上市的首只中国房地产经纪概念股。

随后一年，易居可谓占尽先机，频频震惊市场。先是完成与新浪的合作，其打造的新浪乐居已经在中国一手、二手房销售市场初现霸主气质。

与此相比，易居更大的核心竞争力来自周忻在2002年开始打造的克而瑞信息系统，目前该系统覆盖中国百余个城市的千余个房地产在售项目，实时监控第一手的交易走势，日益权威专业的分析报告给开发商提供了无可比拟的决策平台。这成为今天易居令开发商"不得不选择合作"的砝码之一。

2009年10月16日，由易居旗下克而瑞和新浪旗下地产门户网站新浪乐居合并组成的中国房产信息集团，正式在纳斯达克挂牌上市，是中国首只赴美上市的地产科技概念股。

亮剑精神和吃蟹精神

在这十年中，易居中国从初创时数十人的小企业，发展成为拥有万名员工的大企业；从地处上海的地方企业，发展成为业务遍及全国100余个城市的全国性企业；从单纯从事房地产销售的代理企业，发展成为主营业务包括一手房代理、二手房经纪、房地产信息与咨询、房地产互联网、旅游地产服务、商业地产顾问、房地产广告传媒、投资管理等横跨房地产全产业链的房地产现代服务企业；从一个民营企业，发展成为品牌卓著、内涵丰富、与资本市场接轨，并在美国纽交所与纳斯达克上市的现代国际化企业。

周忻说："十年以前，很少有人会预见到，中国房地产流通服务行业能有今天这样的高度，易居中国能成为今天这样的企业。"

十年来，易居中国还孕育出独特的企业精神和文化——勇往直前的亮剑精神、团队合作的大雁精神、不懈探索的吃蟹精神、博大睿智的大海精神……这是支撑和推动易居中国事业跨越发展的不竭动力,也将是易居中国今后永续发展的灵魂。

楼市营销记录缔造者

易居中国下属旗舰企业——上海房屋销售(集团)有限公司,连续多年蝉联上海房地产营销代理企业20强"金桥奖"第一名,是当今中国营销代理第一品牌。

作为行业老大,上房销售(集团)以上海、北京、武汉、西安为中心,覆盖华东、华北、华南、华中、西部区域47座大中型城市,为豪宅公寓、住宅、商业、办公、酒店公寓等各类物业发展商提供地块评估、市场定位、销售代理等全程一站式房地产营销代理服务。

2009年,公司全国营销代理面积突破1 200万平方米,代理项目280余个。

举几个案例:公司代理的上海浦东星河湾单日揽金40亿元,刷新中国楼市单个项目开盘销售金额最高记录;代理的上海中粮海景壹号,开盘首日几近售罄,成交逾20亿元,创豪宅最高均价售罄记录;代理的西安中新沪灞半岛一日劲销1 846套,创中国楼市单日成交套数之最等等。

类似这样的"营销传奇"不胜枚举。2010年,市场调控氛围笼罩着整个中国房地产界,位于二线城市远郊的太原星河湾此时推出一期逾千套房源,均价超出CBD核心区楼盘价格,此时推盘"天时"与"地利"都欠缺,唯有"人和"可以一搏。上房销售(集团)派出4位副总裁、10多位副总经理、30多位总监近400人超强团队支援,开盘当日销售业绩大幅超越浦东星河湾40亿元的记录。

7月31日太原星河湾开盘当天,地面温度68℃,近万名客户不畏酷热云集现场,停车场满是来自太原、北京、上海、天津、南昌、广州等全国各地牌照的名车。没买到房的购房者连声叹气,后悔为什么没有早来。

房地产服务是最好职业

在周忻看来,房地产现代服务是最好的职业。他看过潮起潮落,经历过市场多次洗牌,却依然屹立不倒,以令人瞠目结舌的速度完成了两次在美国的融资上市。他的雄心也很明显,就是要走出低门槛导致的同质化竞争"红海",成为中国房地产服务业走向新时代的领军者。

"我们将通过成功的营销,以最少的推广费用和最大的效率,一方面让广大客户感觉到更有价值;另一方面让开发商获取更多的利润,达到他们的心理预期,让两头都满意是我们的生存之道。"

当人们对房地产现代服务业的印象还停留在夫妻老婆店的时代,周忻已经看出了这一行业必然从劳动力密集型向智力密集型转化的前景,已经有了这样的意识:将传统以简单的人力堆积取胜、低技术门槛的房地产流通服务业,发展成以信息技术为主导的现代服务业。

他不愿意别人将易居中国看成一个简单的以人海战术取胜的顾问代理公司,尤其是合作的房地产企业,"除了为他们服务以外,我还希望企业能把我们看成是轻资产、高成长、低风险的现代服务类公司"。

用一句名言形容周忻的成就:"如果说我看得比别人更远,那是因为我站在巨人的肩上。"

人才是最宝贵的财富

周忻曾说过,易居没有土地、厂房、机器,最宝贵的财富就是人才。他另外一句广为传诵的名言是:"合理的当锻炼,不合理的当磨炼。"

懂专业又深谙经营的"双栖人才",是易居最青睐的千里马。周忻对"优秀人才"的定义是:"能够迅速而有创见地理解并深入研究复杂问题,反应敏捷,善于接受新事物;能迅速进入一个新领域,并做出头头是道的解释;提出的问题往往一针见血,正中要害;能及时掌握所学知识,并且博闻强记;能把原来认为互不相干的领域联系在一起使问题得到解决;富有创新精神和合作精神。"

周忻和他的伙伴们自身便显示出这些可贵素质,并积极在易居的经理、职员和应聘者中挖掘此类人才。

当很多企业都在思考怎么样去学校"招募"优秀毕业生时,易居中国已经开始"培养"自己的毕业生了。"他的目光在行业而不在企业。"

2010年第一季度,易居中国和中房信联手在华东师大、同济、上大等十所著名高校内大规模招聘适应企业与行业发展的"未来领袖"。易居中国启用这套方案是为启动一套完整并且独有的人才培育计划,它的目的是全力寻求"校园金种子"储备并培养后备力量。

如果说，人才是易居中国最大的财富，那么周忻就是人才法则中一位必不可少的"深刻了解产业规律和商业经营的领袖"。这是人才中的人才，是整个易居中国梦想的光源所在。

（张之花）

上海地产代理界的传奇团队

——访上海同策房产咨询股份有限公司董事长孙益功

【题记】

在上海地产界,提到同策的发展,绝对称得上是一个传奇,用"一年一个样,三年大变样"来形容一点也不过分。上海同策房产咨询股份有限公司董事长孙益功,同济大学汽车工程硕士毕业,本是汽车工程领域的高材生,毕业后没有去找对口工作,反而创办了"同策"——一家房地产代理行。如今,昔日的小公司,早发展成上海房地产代理行业的"领头羊",而孙益功的低调和温和,却丝毫没有改变。这位 37 岁的掌门人,虽然相当年轻,却极有战略眼光和雄心宏图,从白手起家到拥有数十亿元销售额的企业,从小公司到公众企业,从上海浦东争雄到全国楼市称霸,同策取得巨大成功的诀窍在哪里?

目标：向综合服务商迈进

1998 年 5 月,同策成立,到现在已有 12 年时间,从一个不知名的小公司,发展成中国房地产策划代理综合实力 10 强企业、中国房地产策划代理最佳综合服务机构。12 年,弹指一挥间,上海房地产代理业,已完成了巨变。从立足浦东的房产代理小公司,到今日覆盖全国主要经济发达地区的全国性公司,同策的成功使孙益功成为上海地产界的传奇人物。参照国际发展历程、国内行业轨迹和代理行业特点,同策的目标是,从单纯的住宅代理,发展到咨询决策、商业运营等并重,向综合服务商迈进。"只有加快创新步伐,才能可持续发展。"

业内都知道,同策是一个低调的企业,从不张扬,一直默默做事,强调"专业至上,服务至诚",正是这样的做事方式,使它赢得了众多朋友。从成立到现在,同策合作过的开发商,除了转行的之外,其余的至今仍在合作。因为都是"老朋友",双方非常默契,更容易达成一致意见。当下正处在调控期,新盘销售普遍形势严峻,但同策代理的多个楼盘,仍然开盘当天去化过半。上海万科第五园别墅和保利叶上海就是明证。在该公司的有力推动下,上海万科第五园别墅逆市走强,开盘推出 31 套,当天就去化 29 套;同样在同策的操作下,保利叶上海开盘推出 217 套,当天销售 175 套。新盘热销原因之一,同策与开发商之间合作关系十几年,彼此非常了解,对同策提出的一些针对市场现状的销售策略,开发商更容易接受。

扩展:上海外销售占 4/5

经过 12 年的发展,同策在上海地区和长三角周边区域策划销售约百余个项目。目前已在全国主要经济发达地区先后成立了多家控股子公司。产品类型从住宅、别墅、商铺、产权酒店、5A 办公楼到综合型商业等。孙益功介绍,同策目前重点在做三件事:第一件是全国扩张。同策已在杭州、宁波、南京、无锡、重庆、西安、长沙、郑州、青岛、大连、沈阳等地建立分公司。2009年,非上海区域的销售量已经超过本土销售量。今后一年半时间,除了长三角城市之外,希望还能够发展 20 个城市。目前上海销售量占总销售量 1/3,外地销售量占 2/3。希望将来上海销售量仅占总销售量 20%。"只有全国化,才能做强做大。进攻就是防守,这是行业发展的必然结果。"

第二件事就是增加业务面,除了强化现在的住宅代理外,还要加强发展商业运营、投资管理等业务,创新服务方式,向一个房地产综合服务公司迈进。第三件事就是,强化自主核心能力,包括信息管理能力、人才输出,品牌输出、高端客户服务等。

心得:取决于责任心多强

孙益功认为,对于服务企业来说,责任心非常关键。"记得以前仁恒河滨第 1 期,当时新盘都交付了,后来业主发现,房屋玻璃有些反光。按道理说,都卖完了,开发商可以选择不管。但仁恒还是自己拿出 3 000 多万元把业主玻璃换了一遍。这种精神值得我们学习,我们做代理也是如此,不是从开发商那里拿到钱就结束了,而是从拿地开始,到新盘交付,对开发商全程负责。只有对开发商负责,对购房者负责,他们才会对我们负责。公司发展得如何,不在于拓展能力、公关能力有多强,而在于服务能力有多强。服务能力有多强,首先就是责任心。"

同策有一点很让同行嫉妒,就是从成立至今,核心团队基本没变过。"现在很多企业出现的问题是,一拨来了,一拨走了,人员变动非常频繁。团队不稳定,能力就不稳定。一个经常变化的核心团队,是很难取得持续发展的。"同策的核心价值观是"积极、尊重、坦诚、分享",通过这条价值观纽带,将这些年轻人凝聚成有共同愿景和战斗力的团队,这样的团队才有可能创造奇迹。

对行业的坚持,也是同策取得成功的重要原因。孙益功打比方说,如果今年做了 10 个项目,赚了 5 000 万元,这些钱都"藏"起来,是不行的。只要相信未来有更大的发展,就要敢于投资。从赢利里拿出 3 000 万元来,储备人才、信息管理、团队培训等。要相信,今年能做 10 个项目,明年就能做 20 个项目,后年就能做 50 个项目。如果不敢投资的话,就会一直原地踏步,很难取得长足发展。"要敢于投资未来"。

远见:资本市场只是手段

同策的愿景是希望成为有远见、有行业影响力、有业务创新能力的综合性房地产服务企业,也希望成为正直诚实、富有责任感的社会企业公民。俗话说,老板的心胸,老板的战略,决定了企业的发展模式。如今同策积极准备进入资本市场已经不是一个新闻。孙益功说:"中介行业,目前是春秋时期;代理行业,已进入战国时代。两三年后,将进入综合服务领域,更大的发展和空间才刚刚开始。"

对于上市这个足以令大多数企业心潮澎湃的大事,孙益功看得很平淡:"说实话,如果我们只是单纯做代理业,上市的价值并不大。资本市场,有得必有失。上市会得到一些钱,但会失去一些灵活性,上市之后限制会比较多。"对此,他一再强调,上市不是目的,只是手段,主要不是为了圈钱。同策要从单一的流通服务企业向综合性的房地产服务商转变,上市只是加速这一转变过程的一个推力。"正是因为想清楚未来该如何发展,而发展又需要庞大的资金,才想到去上市。如果没想清楚怎样发展,根本不会考虑上市这件事。"

当下：3＋X 模式创新服务

"我经常跟销售人员说,我们卖的是全世界最贵的商品,但在服务方面,仍然很草根。"孙益功表示,自己也在反思代理行业中出现的问题,努力创新服务举措。特别在当下,楼市调控风声正紧,买气普遍低迷,新盘销售也从畅销走向滞销,排队购房变成了暂不买房,代理业开始随市场进入淡季。同策会如何应对这个市场调整呢? 首先是练好内功,"3＋X 模式"提高服务质量。"3"是强调服务态度:客人进入售楼处时,要"请进来"、"送出去"、"全程微笑"。"X"是明确告诉客户,你的介绍要花多少时间,方便客户安排他的看房流程,不要打闷包。

孙益功有点郁闷地表示,现在房地产业名声不是太好,我们招人时就有这种体会,比如对一个应届毕业生来说,同时有两个单位向他伸出橄榄枝,一个是五星级酒店,一个是房地产代理业,他很可能选择五星级酒店,因为前者感觉在一个跨国公司,知名度和美誉度更高。因此,我们现在需要通过优质服务,努力提高房地产业的美誉度。

让我们回顾一下同策的辉煌吧! 2010 年 4 月 21 日,同策咨询第七次荣获"金桥奖";经上海市著名商标认定委员会第十四次会议审议通过,并经上海市工商行政管理局审定,"TOSPUR"(同策咨询)等二百八十五件商标被认定为上海市著名商标;在"2010 中国杰出雇主"评选中,包括同策咨询、复星在内的本土民营企业入选"2010 中国杰出雇主"。同策咨询,正在继续书写传奇!

（张之花）

上海地产代理界的传奇团队

不断超越 追求完美

——访上海聚泰房地产经纪有限公司(新聚仁机构)
执行总裁任颂然

【题记】

　　在上海,说起房地产行业,绕不开新聚仁。这家"不断超越,追求完美"的民营房地产代理企业,从1998年一路走来,风雨兼程,经历了多次宏观调控,见证了上海房地产市场的风云变幻。12年来,新聚仁机构代理楼盘近千个,成功率百分之百,许多案例成为地产界的经典,它的"破冰术"也已成为成功的代名词。创下这些奇迹的奥秘究竟何在?请听新聚仁掌门人一一道来。

　　一家民营房地产代理企业,没有任何背景,如何在群雄竞立的上海滩站稳脚跟,多年稳居代理企业前列的宝座?服务数十家大型开发企业,经手近

千个楼盘,是什么让新聚仁有底气高调喊出"100％成功,0失误"的口号?从《地产破冰术》到《地产三十六计》,是什么让新聚仁在一次次宏观调控中越走越稳,在风雨彩虹中日趋强大?

　　"我们不是楚云飞,我们要做李云龙。"新聚仁机构执行总裁任颂然一句自我剖析的话,让这一切有了答案。

作战:"100％成功,
　　　0失误"

　　拿破仑说过:"不想当将军的士

兵不是好士兵。"任颂然说,不想打胜仗的将军就不是好将军。仗,不仅要打,而且一定要赢。这位崇尚"亮剑"精神的"将军",长得也和李幼斌版的李云龙有点像,不过,是年轻版的"型男"。

1998年,新聚仁的首个项目创世纪花园一炮打响。该项目率先提出"住宅进化论"理念,总销金额8亿元人民币,99%销售率(剩余1%为发展商保留),创造环线内销售第一名的佳绩。

真正让新聚仁一战成名的,是2002年的月湖山庄之役。

当年的佘山远不是今天的佘山,尚未成为高端别墅聚集地。比较有影响的在售别墅项目,容积率为0.35左右,定价在400—500万元/套,尽管明星助阵、广告频出,但在市场上依旧"叫好不卖座"。

在这种大背景下,新聚仁力劝开发商把原定规划的168户砍成零头,只剩68户,容积率硬生生从0.45降到0.14,这需要一种魄力。

事实上,月湖山庄开盘后的销售业绩非常好,一个星期价格上调了三次,包括许荣茂等很多名流富豪都来看盘。最后销售过于火爆,而房源有限,不少买家"饮恨而归"。任颂然笑着说:"正因为当年说'不',和不少开发商结下了日后合作的缘分。"

这看似一场豪赌,但实际上,新聚仁做了充分的准备。2002年,别墅开发是上海房地产市场的热点,别墅产品新盘供应量占上海商品住宅供应量的18.5%,但整个市场趋同性严重,且市场销售状况很不理想。但是别墅市场存在两个盲点:首先,千万元级别墅寥寥可数;其次,别墅的私密性需求被忽视。正是看到了市场上潜在的需求,新聚仁才力劝开发商降低容积率,花了一年多的时间调研市场、做绿化、做环境……

任颂然说:"我们失误不起。"对于房地产代理企业,一个项目输了可能把十几年的口碑和品牌都砸了。"100%成功,0失误",不仅是一句口号,而且是对企业负责,对客户负责,对社会负责。

治军:"敢拼敢打,态度最重要"

"传统是什么? 传统是一种气质,一种性格。这种气质和性格往往是由这支部队组建时,首任军事首长的性格和气质决定的,他给这支部队注入了灵魂。"这段话出自《亮剑》,新聚仁的灵魂正是"亮剑"精神。

任颂然把"亮剑"精神进一步阐述为可能会输,但是必须要博。敢拼敢打,态度最重要。"面对困难时,有人选择逃避,有人选择等一等、有人选择微笑,但还有人选择前进:这就是面对困难的态度。我们公司选择了前进。可能会有很多困难,但办法总比困难多。"

这一敢拼敢打,敢于迎难而上的传统已经深入到新聚仁的组织脉络、骨骼血液里。即使是日常练兵,也被打上了深深的新聚仁"烙印"。

"销售精英争霸赛"是新聚仁的传统节目。每个参赛人员,必须在规定时间内展现自己的销售特色,以工作楼盘为销售对象进行现场模拟,由企业内经验丰富的高管扮演客户,百般刁难,给参赛者制造重重障碍。有的"客户"针锋相对,拿项目的缺陷说事;有的"客户"爱好比较,总是说不到正题上来;有的"客户"则纠缠于"价格"……"客户"拿出他们曾经碰到过的"奇人异事"考验选手,销售"选手"见招拆招,各出绝活,在"真刀真枪"的对决中诞生季度"冠军"。

这样的实战演习逐渐为新聚仁培养出一支精干的"特种部队",长于应对各种突发状况,成为一支精锐之师。

任颂然说:"这个行业是人的行业。"新聚仁十分重视培养自己的人才,同时又不放松制度建设。

2001 年,新聚仁率先通过英国 SGS ISO9001 国际质量体系认证,成为沪上第一个通过标准化认证的房地产代理企业。任颂然说:"我能找到 2001年经手项目的结案报告,包括所有的原始资料:稿件、软新闻、广告等,当年的楼书我们都留下来了,全部归档。""可能很多企业不会这样做,因为市场太好了。我们还是延续到现在。做,就要用心做精品。"

2008 年,通过 Landa 企业全线管理软件解决方案,新聚仁机构运用科学管理,成为行业内第一个"无纸化操作"的房地产营销代理公司。任何一张工作单,都会通过短信平台发送给相关经理和案场人员,大大提高了工作效率。

一手抓制度,一手抓人才,两手都要抓,两手都要硬。草莽英雄的激情勃发和知识行业的精密理智在新聚仁身上融合成一种奇异的创造力。

论道:"不断超越,追求完美"

新聚仁的核心竞争力源自何处? 任颂然把它归结为新聚仁的"精品意识"。

任颂然认为,房地产代理企业的核心能力分成三大块,一是研展,包括产品策划、市场定位、产品建议;第二块是企划包装;最后才是终端销售。新聚仁的核心竞争力就是三方面非常均衡,尤其是出色的执行能力,能把案子追得很深,分析得透彻。"我们的核心思路就是做精品。"

回顾新聚仁的发展历程，可以分为两个阶段，跨越这两个阶段，其实是上了两个台阶。从1998年创立到2005年，是发展的第一阶段，这个阶段的目标是培养一批人，每年做一个响当当的项目，一个比较成功的案例。正是这些精品工程，为新聚仁的持续发展奠定了日后发展的基础。

2005年，经董事局决定，新聚仁开始走出去，第一要跨出去，第二要扩大业务量。战略上开始转向"农村包围城市"，这是新聚仁发展的第二阶段。历经多年布局，新聚仁先后开辟了江西市场、华中市场、环渤海板块、长三角板块。最近东三省板块的扩张，正如火如荼。

战略转型既是对市场的预先研判，也是企业品牌积累水到渠成的选择。任颂然说："'农村包围城市'，现在是比较好的契机。"任颂然认为，二三线城市尚没有经历过房地产真正繁盛的阶段，实际上浪费了很多房地产资源。一些项目开盘就卖光，但产品的价值尚未得到很好的开掘，开发商的利益没有得到最大化，代理公司仍大有可为。

同样值得重视的是，越来越多房地产开发企业在上海拿地越来越难，或者更加看好二三线城市的市场前景，或主动或被动地走出上海。对于房地产代理企业，提前布局，可以为走出上海的开发商提供全面的咨询服务，这也是开发商目前非常需要的服务。"帮助老朋友走向外地，这也是我们走向外地的一个目的。"

目前，新聚仁代理的在售楼盘项目，上海就有20余个，外地60余个。2010年6月，新聚仁代理了招商·海廷。这个项目位于奉贤，为纯独幢别墅项目，在没有任何广告投入和宣传推广的情况下，当月就卖掉8套。这一佳绩在当下成交惨淡的楼市分外夺目。

2008年新聚仁出版了一本书：《地产破冰术》，以此庆祝企业十周年生日。那么，它到底有何破冰奇招？

任颂然认为，除了营销技巧，更主要的是执行到位。比如一个简单的常规动作，给客户打电话，新聚仁要求业务员电话要打10分钟以上，要和客户聊天，了解客户的深层次需求，要把握住客户。比如招商·海廷，周六周日每天不少于10组客户，而且要1点钟到，集中于一个时间点出现在售楼处，让每个周六周日的售楼处比开盘还热闹。这是一套"组合拳"，但对现场的项目经理、业主主管、业务员提出了很高的要求。当然，新聚仁拥有十几万资深会员的聚仁会也是破冰的强大后盾。

（田苗苗）

不断超越 追求完美

策行天下　致胜有源

——访上海策源置业顾问有限公司(策源机构)董事长徐晓亮

【题记】

他,成功操盘200余个,铸就无数城市经典,将人居梦想变为楼宇传奇。

他不仅会卖房子,更老于对房地产营销专业链的高度整合。

"冬天"里,他韬光养晦,提升专业水平与应变能力,看到机遇,并预言市场并不会丢失,它只会比过去更规范、更成熟;"春天"里,他行事稳健,深谋远虑,立足上海,布局全国,织就一张大大的房地产流通网络。

2009年,他走完第一个十年,脱胎换骨为一员骁勇善战的闯将;2010年,他跨入第十一个年头,专注事业,回报客户,畅想未来人居典范。

他,就是营销代理行业的核心力量、复星集团成员企业、房地产流通领域综合服务商——策源地产。

以市场为导向的华丽转身

"可以说,'金桥奖'是伴随我们策源十年成长最好的伙伴。策源开始受到业界关注还要感谢'金桥奖'。"徐晓亮董事长回忆说,策源1999年3月成立,第一届金桥奖评选我们就有幸参与并一举夺魁,在业内得到了大家的认可和关注,用当时媒体的说法是'炸了锅'。此后,自2002至2010年,策源蝉联九届上海市房地产营销代理企业金桥奖,位居前三名。"

徐晓亮表示,"金桥奖"的公信力得到了政府、社会、业界的普遍认可,不仅对上海的客户,对长三角地区,乃至全国,都有很好的辐射作用。一方面,对于策源品牌的塑造和传播起到了相当大的助力,另一方面,也成为策源时刻鞭策自己的标准。正因如此,策源才能不断向前,一路走来,取得现在的成就。

因此,策源十分珍视这个奖项,对于房地产流通服务企业来说,最核心的竞争力和最有价值的就是企业的品牌。

现今,策源已成为上海房地产经纪行业协会副会长单位,公司主营业务已经从最初的一手代理业务,拓展为涵盖一手代理、地产咨询、商用地产三大板块的房地产流通领域综合服务商。截至 2009 年底,策源共成功代理项目近 200 个,在中国房地产代理行业中名列前茅。

"过去的十年,是策源跨越式发展的十年"。徐晓亮说:"策源今天的成绩除了要感谢母公司复星为策源提供一个广阔的资源支持平台以外,更要感谢行业协会、媒体及社会各界的一路支持。"

至今,策源闯荡江湖已有十一个年头,在行业内,策源区别于同行的最大特点在于,策源用了十年时间,从内需型向市场型完成了一次成功的蜕变,羽化成蝶、华丽转型。

策源,其实是复星国际创始人郭广昌和范伟等人在创业最初成立的公司之一,成立于1999 年 3 月。初创阶段,郭广昌和范伟对策源的定位就是一个必将走向市场的专业化营销代理公司,不仅满足于内需服务,一定要在行业内得到大量客户的广泛认可,实现市场化的生存、发展。

正是在这样的鞭策下,通过全体同仁的努力,策源在服务集团项目的同时,积极外拓,寻求与更多开发企业的合作机会,并最终以专业的卓越表现、优良的服务、强大的资源等,赢得了很多长期稳定的合作伙伴。

征战十年,策源最终脱胎换骨成为复星集团一员骁勇善战的闯将。

2009 年 12 月 2 日,策源脱离复地从属关系,成为母公司复星国际旗下的一个专门从事房地产增值服务类的创意型企业。

以客户为导向的企业追求

历经十余年的积淀,在服务客户方面,策源体会良多。徐晓亮介绍:"我们所在行业很特殊,要服务两类客户:大客户和小业主。大客户就是大家常

策行天下 致胜有源

说的开发商，小业主就是我们所有购房者。不管是大客户还是小业主，策源一贯秉承的宗旨都是'以客户需求为导向'。"

先讲大客户，不同的开发商会有不同的需求。在客观上，这就要求服务商内部也要有专业的细分。策源很早就将内部细分为别墅、高端物业、大盘、商业、城市综合体等，每个专业团队的人员对自己领域内项目的理解力和方案的针对性都有很深入的研究与理解。所谓"术业有专攻"，因而为客户提供的解决方案都非常切中问题的核心。

譬如，策源代理的佘山3号成为上海区域小独栋别墅的先驱。众多经典成就了策源在高端公寓和别墅领域的竞争力。

接着，在针对小业主——服务我们的购房者方面，与一般代理行业不同，策源一贯奉行的服务理念是"签完合同，付完房款，服务才真正开始"。销售员会一路陪伴客户，直到交房，有的项目已经结束了，销售员与客户还是很好的朋友。

事实是最好的证人。2010年，在服务上海万科两个最大项目过程中，策源的销售人员荣获了万科集团总裁签署的表扬信。一位华侨在万科上海购房时，享受到了很好的服务，于是写了三封英文信，分别发给上海万科、华东万科、万科总部。这位销售人员的服务精神感动了客户。万科总部最高层同时也在第一时间给予肯定和鼓励。

"可以说，这一嘉奖不仅仅是给我们的员工，也是对策源的一份肯定"，徐晓亮说，"策源前十年以及未来十年最根本的事业核心，就是要帮助客户解决问题。了解客户状况、理解客户需求，服务到位，合作共赢。"

2008年，策源合并了上海著名的房地产研究咨询机构——方方工作室，此举在策源的发展中意义重大。方方工作室对土地价值的研判有独特的评估系统，精于产品定位的策划，服务客户的理念与策源高度一致。策源与方方的强强联手，很好地补足了策源在前期投资决策、咨询及产品规划定位等方面的专业力，为策源踏上全程营销服务商之路，夯实了基础。

销售执行是策源的传统强项。徐晓亮认为，做好销售执行，最重要的是一线作战部队，策源的优势是拥有"海、陆、空"三军立体作战的强大战斗力。

首先，案场销售团队是"陆军"，直接服务终端客户，打的是阵地战。策源的销售手法汲取了单兵作战和团队合作两种模式的精粹，又融入了对产品人性化、专业化以及购房者实际需求等的深刻领悟，形成了自己独特的打法。

"空军"是指策源各种媒体资源的整合。策源不主张扮演单纯的广告主,如何更有效地让讯息达到需要的人手中,是一项非常具有挑战的事情。策源凭借与媒体的多年合作经验,为业主量身定制适合的媒体发布方案。在这个过程中,很多创新的点子和形式为客户带来巨大的"眼球效应",让同样的投入获取更多关注和更好效果。

除了常规的报刊、网络等宣传通道,策源还沉淀了大量的客户渠道资源。比如,"复地会",明源客户数据库等。另外,复星集团下属的金融、钢铁、医药等企业中,也存在着大量优质的客户资源。市场好的时候,强大的空军是销售的"助推器";市场不好的时候,更是雪中送炭。

"海军"是指策源独有的商会资源。浙江商会是目前"中国第一商帮",复星在商会的事务上倾注了大量心力,商会影响力日益增强,为各家成员企业打造了一个很好的合作平台。策源在这方面拥有其他代理商不可比拟的商会资源,不仅努力为会员企业提供优质服务,还为商会之外的开发企业源源不断地输送着高水平的客户资源。

策源认为,提供专业优质的服务,提供解决问题的方案并迅速执行,落实到位,始终是代理机构根本的生存之道。

以快乐为导向的大赢家

代理行业归根结底核心资产就是人。因此如何安顿好人,如何满足企业中这些人从精神、专业导向到人的自身提升要求等各方面的需求,是现代企业必须要面对的一个问题。

徐晓亮表示,台湾证言法师将大千世界的人分为四类:一是贫中贫,钱少精神也匮乏者;二是贫中富,钱不多精神却很丰富者;三是富中贫,钱多却精神匮乏者;四是富中富,物质精神双丰收者。同样只追求利润而没有文化的企业,永远也无法成为优秀的企业。

而以达成"富中富"为目标,物质共赢、精神快乐就是策源企业文化的内核。策源的机制设计中鼓励多劳多得,要让每位员工"看得清清楚楚,拿得明明白白"。策源珍视员工与企业的共同发展,始终以"快乐"作为企业的文化诉求,不希望让员工身心疲惫地工作,从而达成了企业与员工的双赢。

正如复星创始人郭广昌在讲到中国民营企业的精神时说:"我们讲究的是沟通、交流,我们讲究生生不息。我们崇尚的是太极文化,太极文化正是中国文化之根,我们不再片面推崇斗争哲学,我们强调的是合作共赢。"

徐晓亮坚信,快乐是创造力的本源,打造快乐企业文化就是成为一个优秀的创造性企业的根本。

对于房产代理行业的发展轨迹,徐晓亮早已了然于胸。他说,房地产行业的生命周期很长,中国的城市化进程才刚刚开始。中国房地产代理行业发展可以分为四个阶段。首先是相对竞争阶段。这时市场蛋糕比较大,竞争不强,大家都可以赚到钱。接下来就会进入绝对竞争阶段。僧多粥少,竞争进入白热化。市场上求生存和求发展的两类企业会进行惨烈的打拼。第三个阶段是全面竞争。这时候一个城市的蛋糕非常有限,眼光就会放到全国市场。这一阶段竞争层面提升了,因为参与竞争的都是经过绝对竞争洗礼的发展型企业。最终,中国房地产代理行业会进入"二八法则"阶段,也就是 20％的企业掌握 80％的蛋糕。

策源在第二个十年发展中,将迎来全面竞争阶段。策源的目标是,在竞争中成长并成为行业中的优秀企业之一、成为行业最终的一批赢家之一。

徐晓亮表示,要保持行业内的领先地位,就要掌握行业发展的先机。策源正在谋划成立专门部门,研究未来人居发展方向。目前,策源认为人性化、智能化、低碳化是三个主要方向。策源将在这些方面为所有"孜孜不倦追求幸福的中国人"做出自己的努力和贡献。

"策中有木,源中有水",策源希望未来能和更多的合作伙伴舟水相依,合力共进。如同策源之语:"策行天下,致胜有源。"

(佟继萍)

你赢我才赢，我赢你更赢

——访上海华燕置业发展有限公司董事长胡书芳

【题记】

　　1995 年，胡书芳下海，创立华燕。历经坎坷和磨砺的她以特有的执著与韧劲，在营销代理市场打响华燕品牌。短短十几年，华燕已发展成全国性的企业集团，2009 年，品牌价值 7.16 亿元。"领头燕"胡书芳是上海房地产界少有的女帅。她崇尚佛学，参悟禅道，她创造的"你赢我才赢，我赢你更赢"的辩证思想，带领华燕集团完成一次又一次漂亮的飞行。

成功要素——不懈努力、永不言弃

　　胡书芳喜欢读书，涉猎广泛。她从佛学典籍中参悟禅意，学会思辨；从管理经典中习得战术。她最认同的"成功三要素"就是从书中得来：一、确认目标；二、朝着目标方向努力；三、失败后不放弃，继续努力。这三要素不仅是对华燕既往成功的总结，也是华燕走向更大成功的秘诀。

　　胡书芳介绍，从 1995 年创立至今，华燕大致经历三个发展阶段。1995—2000 年，是华燕的起步阶段，公司成立之初的主要方向是一手房营销代理。胡书芳做生意最讲诚信，诚信让她失去很多，诚信也让她获益匪浅。为了不辜负当初对业主的承诺，胡书芳毅然决定从所代理项目的开发商手中接手后续未完的工程。她的负责精神和工作能力,赢得了最初发展的良好口碑,并在以后的发展中以其诚信卓越的形象,折射出上海楼市中特有的"华燕现象"。

2000—2006年,华燕从初创阶段进入成长阶段。在这一阶段,上海的房地产市场逐步升温,迎来一波新的发展机遇,华燕的业绩也跳跃式快速前进。在胡书芳的带领下,公司开展了ISO9001—2000全面质量管理体系认证工作,经过公司全体人员一年时间的共同努力,于2003年正式通过认证,华燕一跃成为上海房地产代理行业较早取得国际质量认证的代理企业,为打响华燕品牌奠定了坚实基础。

2006年至今,华燕进入发展期,这个阶段既幸福又痛苦,企业壮大了,资金实力雄厚了,员工多了,产业链加长了,在房地产流通领域内陆续增加了抵押担保、地产金融贷款服务等多种业务形态,华燕的实力得到全面提升。与此相应,华燕的投入更多了,责任更重了,胡书芳更是一刻也不得闲了。

回首来路,华燕总代理项目上百个,实现总销售面积逾千万平方米,总销售金额逾百亿元人民币。华燕立足上海,放眼全国,先后在北京、天津、重庆、江苏、安徽、浙江、山东等地成立子(分)公司,代理项目遍布全国二十多个城市。凭借强大的实力和高度的专业水准,赢得市场口碑,成为上海房地产代理企业十强,连续八届获得"金桥奖",并跃升为中国房地产代理企业二十强,跻身中国策划代理百强企业综合实力TOP10。

确认目标——销售做大、房盟做强

"昨天或许辉煌,但已过去;明天依旧辉煌,但要求索。""领头燕"胡书芳常常思考,华燕的明天在哪里,继续做营销代理,还是转型做开发商,抑或投资其他行业?

胡书芳熟悉房地产流通领域,无论年景好坏,华燕的一手房销售业务一直都在稳定赢利。胡书芳更了解自己,如她所言:"一个人一生做好一件事足矣。"她知道,在自己熟悉的领域内,将特长发挥到淋漓尽致,胜率最大。经过再三考量,最终,胡书芳将华燕的目标确定为:房地产流通领域线上线下综合服务商。在把营销做大的同时,尝试一、二手房线上线下综合服务。胡书芳说,确认了目标,就花时间、花精力,认认真真地投入下去。再难、再艰苦,也要坚持,如果不成功,就当为以后的成功者铺路,也算为行业、为社会做了贡献。

敢想、敢做,是华燕的一贯特色。2003年,华燕开始房地产线上线下综合服务领域内的有益探索。2009年，房盟中国的成立为华燕的发展揭开了新的篇章。房盟中国是房地产金融信息化创新服务平台，产业链上下游的四方客户——中介、开发商、银行、买卖双方均从中受益。它的诞生体现了华燕强大的房地产线上线下综合服务创新力和资源整合力。

房盟中国是一种创新的"你赢我才赢"的商业模式，更直白点说，就是"华燕先付出，让客户先赢"。一位加盟房盟中国的中介老总的话，道出了众多盟友的心声："与华燕的合作是建立在他们先付出的基础上，这并不是所有公司都能做到的。"对行业来说，房盟中国的意义非比一般，它是一个可持续发展、能提升核心竞争力和创造规模效应的新模式、新秩序。

凭着在房地产线上线下综合服务领域的开拓，今天的华燕已经成为沪上房贷业务的"龙头老大"，它的业务量是房贷企业前五名中后四位加起来的总和。华燕先后与29家房地产金融机构建立合作，有254个金融贷款的品种和项目。新政后，华燕帮助100多家企业化解了由于新老政策衔接不好产生的房屋买卖纠纷，他们还挽回了30多个已经进入诉讼程序的案子，并促成交易。

凭借高速的成长性、强劲的自主创新能力，华燕被上海市政府列入"两高六新"的重点培育企业范畴，并被评为"中国十佳最具投资价值两高六新企业"。目前，华燕已经拥有五大类16个项目的国家注册商标受理，并先后有11项发明专利及4项著作权获国家知识产权受理；同时还获得中国房地产策划代理地产金融专业领先品牌。

共克时艰——勤奋学习、历练团队

"经济是基础，管理是生命，文化是灵魂"。胡书芳认为，企业要有精神、有力量，必须重视企业精神和企业文化的塑造。她抓团队，讲究多管齐下，学习力、执行力、领导力、团队精神……样样都要过硬。

胡书芳有好学的习惯。十多年前身为一家国有房产公司销售负责人的胡书芳毅然下海，独资创立了一片属于自己的天地。从一般管理者到企业家，再到集团企业家，胡书芳成长的过程就是学习的过程。为了适应企业快速发展的需要，胡书芳不断补充管理、二手房、金融、网络等方面的知识。在她的带动下，华燕上上下下都很重视自身的学习和提升。

一个国家靠人才转变国家的命运，一个企业靠人才促进企业的发展。华燕从营销团队，一步步壮大，聚集了大量高端人才。华燕不光注重引进人

你赢我才赢，我赢你更赢

才,更注重现有人才素质的继续提高,形式多样的培训让每个员工通过提升,更好地适应变化了的环境和变化了的目标。

没有规矩不成方圆,华燕的规矩就挂在会议室的墙上。"转变观念,改变作风,完善制度,领导表率","做人要有规矩,办事要有依据,管理要有数据,决策要有根据。"从中不难看出华燕有板有眼、有凭有据、讲求效率、追求完美的企业风格。

胡书芳参禅礼佛,并将佛学的精髓运用到企业管理和为人处世之中。"你赢我才赢,我赢你更赢"拮取了"佛"文化中"舍得"的真意。她认为,有舍才有得,这一点,做人、做企业是一样的。她引导华燕以平常心处世,于感性与理性的体悟中追求超越。

在华燕,禅文化与公司文化达到了和谐统一。华燕有党的组织,有团的组织,有工会。禅文化提倡的向上、向善,与企业宣扬的积极进取一拍即合。年终总结时,胡书芳都要先感恩全体员工。任何一位华燕人都可以向常设的公德箱内捐献爱心、践行分享和付出。

毫不懈怠的学习、日臻完善的制度、向上向善的文化,这一切,让华燕变得独特而富有生机和战斗力。"一丝呵护,我笑对那疲劳与困苦的考验,几声赞许,我忘却那黑夜与白昼的轮换。"激情洋溢的《华燕之歌》,完美演绎了坚韧、执着的华燕人超越平凡、追求卓越的华燕精神。

肩负责任——善待员工、反哺社会

胡书芳身上有一种紧迫感。她常感叹岁月不饶人,要抓紧时间,把团队带好,把制度完善好,把业务快一些做好。对员工、对客户、对社会的强烈责任感,和一颗感恩、惜福的心,时刻催促着她。

华燕初创时,胡书芳犹豫过。当时,她的个人资产已经超过几千万元,完全可以提前退休,但她却选择继续投入、继续打拼。她说:"十个员工背后就是十个家庭,华燕不是我胡书芳个人的,我要对员工负责。"她把自己比喻成一块磁铁,而员工就是周围的磁场,离开了磁场的磁铁,就不会有磁性,也就毫无意义。

作为营销代理机构,华燕服务的客户包括开发商和购房者。华燕一如既往地帮助开发商挖掘产品潜在价值,取得了双赢效果。同时,华燕也帮助无数购房者圆了有家的梦。

华燕成功后不忘感恩社会。四川汶川地震后第二天,胡书芳就带领华燕全体员工向灾区捐款。做一件好事不难,难的是 12 年如一日,坚持奉献。华燕长期资助江苏街道、华阳街道、天山街道百位孤寡老人,举行"敬老爱老,共度新年"的活动。1 500 多位 70 岁以上老人得到过华燕的关爱。华燕还资助困难大学生成为社区医生,积极参加各类爱心捐助活动,被上海市政府授予"上海市文明单位"的光荣称号。

胡书芳说:"5 年的企业靠机遇,10 年的企业靠领袖,15 年的企业靠管理,而百年的企业靠的是文化,华燕不要急功近利的企业文化,而是充分尊重、学会感恩,只有这样,才能赢得各方尊重。"在她的带领下,华燕已经成为了一个拥有强烈社会责任感的民营企业,为实现员工的理想,达成客户的梦想,完成社会的重托,华燕将不懈努力,永不言弃。

(佟继萍)

你赢我才赢,我赢你更赢

服务国际化与人才本土化的融合

——访戴德梁行房地产咨询(上海)有限公司华东区董事总经理陆逢兆

【题记】

　　前10年在香港房地产市场,后16年在内地房地产市场,两个地方的"楼市神话",给了他丰富的经验沉淀;而国际"五大行"之一华东区领导人的身份,又提供了足够的思考高度。这样的历练,让陆逢兆更加游刃有余,对大陆房地产市场有深入和独立的分析和研判。

10 年香港,16 年内地

　　DTZ 戴德梁行是世界顶尖的国际物业顾问公司,业务遍及欧洲、中东、非洲、亚太地区和美洲,覆盖 42 个国家 140 个城市。在大中华地区 17 个城

市设有分公司。现任 DTZ 戴德梁行华东区董事总经理的陆逢兆,在房地产界已有 26 年的工作经验,前 10 年在香港,后 16 年在内地。

　　"20 世纪 80 年代是香港地产最辉煌的时期,市中心房价从几千元一平方米开始飙升。这得益于大陆改革开放,推动深圳发展,从而影响了香港的房地产发展,因为有很多香港人在深圳赚钱后投资香港楼市。2003 年开始,中国整体出口量上升,因此很多大陆人积累了一定财富,也开始投资在楼市和金融市场。"

作为英国皇家特许测量师资深会员,陆逢兆1984年毕业于香港理工大学,主修地产测量实务。在进入大学选择专业时,陆逢兆已经确定了自己的发展方向。"房地产是与人打交道的行业,我就是喜欢和人沟通。"

香港地产发展比较早,大学里地产专业设置也比较成熟。地产实务分为地产评估、地产代理、物业管理等。"我比较幸运。20世纪80年代正好是香港房地产迅猛发展的时期,我选择了一个高速增长的行业。"

1994年,陆逢兆觉得在香港已经发展得差不多了,毕竟香港地方小。正赶上某外资房地产顾问行要到内地扩展,他就到那家公司做物业管理主管,到大陆发展。后来又投身DTZ戴德梁行。

逾1万名员工跨国服务

DTZ戴德梁行具有悠久的历史。公司成立时间可追溯至1784年,1987年在英国伦敦上市。作为国际房地产顾问"五大行"之一,DTZ戴德梁行在全球共有逾1万余名员工,为客户提供跨国房地产服务。

DTZ戴德梁行的专业团队为全球的大型跨国企业、金融机构、政府、发展商及投资者提供企业顾问、物业代理及买卖、估价、企业融资、物业管理及研究等一站式房地产服务。服务范围包括环球企业服务、研究及顾问、物业管理、酒店管理和顾问服务、设施管理、估价及顾问、物业投资、写字楼代理、商铺顾问及代理服务、工业房地产投资服务、住宅服务、建筑顾问等。

1993年,DTZ戴德梁行成立上海分公司,是最早进入中国大陆市场的国际物业顾问公司。在大中华区,DTZ戴德梁行是第一家获得"建设部一级房地产评估资质"的公司。

国际化与本土化结合

DTZ戴德梁行与其余国际"四大行"有什么区别?与国内代理行又有什么区别?这个问题不止一次被记者问到。陆逢兆表示,DTZ戴德梁行之所以在大陆能够领先其他国际竞争对手,原因在于其本土化;而DTZ戴德梁行之区别于其他本地公司,原因却在于其国际化。国际化与本土化的成功结合,是其成功之道。

DTZ戴德梁行在英国及欧洲地区有悠久的历史和丰富的国际化操作经验,国际最先进的营销策略以最快速度依托数据分析,进入DTZ每一项业务和各个环节,包括物业、建筑、估价和投资等为客户提供国际化高水准的服务。DTZ戴德梁行最优势的地方却是本地化,而房地产的不同地域特点决定了服务的差异性和特殊性,因此公司特别注重人才的本地化。每到一地开设分公司,最看重的就是能否招募到对本地熟悉的专业人才。

"我们一方面通过深入当地市场,与政府、企业充分沟通,了解当地房地产市场消费习惯、需求和趋势,给出有针对性的建议;另一方面,我们通过海外庞大的业务渠道及公司的规模效应、人才优势进行数据调研分析,最终提供独立性和专业的各类服务,赢得了客户的认可。"

中国成亚太区动力火车

DTZ戴德梁行在中国无疑相当成功:是大陆最大的物业服务提供商,在大陆拥有最庞大的估价师团队,共200多名估价师分布于15个城市;在政府、国企和民企均有深厚人脉;2008年,完成的整栋物业交易额占中国所有公开的市场投资交易的70%;在大陆主要租赁代理机构中位列前三甲;对68座城市超过8 800万平方米的楼面进行管理,并获得一级物业管理证书。

近期DTZ戴德梁行发布《亚太区2010 中国投资量名列前茅》的报告指出,中国市场2009年交易量占当年亚太区总交易量的56%,而2010年的调查显示,中国并没有出现人们担心的楼市泡沫破灭迹象,并且中国的投资物业市值将于2011年前登上全球次席。

报告进一步分析各国投资物业市值发现,日本、中国和澳大利亚三国之和占了亚太区投资物业总市值的81%。而中国市场成亚太区主要增长动力,以28%的涨幅名列次位。对比历史数据可以看到,中国市场在过去10年涨幅逾5倍。

DTZ戴德梁行预计,这样的趋势仍将继续,并在2011年达到一个新的里程碑,届时,中国将取代日本成为亚太区最大的房地产市场,跃居世界次席。

近几年,媒体不断炒作"拐点"话题,陆逢兆认为,应该更关注楼市长期效应。"我认为未来5年大陆楼市还处于波动期,利空的消息会有所影响,但总体仍处于上升期。"

陆逢兆最看好上海房地产市场。他笑言:"上海是我在大陆地区最了解的城市之一。上海的房地产的高速发展始于2002年。我很看好上海,上海在大陆城市里是很像香港,经济发展快,开放程度高,最显著的特征是国际化。伴随着中国经济的国际化发展,上海房地产市场的潜力应该非常大。"

倡导一站式服务的理念

凭借其驻各地专业人员组成的跨国网络及其对当地市场的透彻认识,DTZ 戴德梁行一贯为客户提供高水平的一站式房地产咨询及顾问服务。"我们的优势就是拥有一个全球的网络平台。所有的跨国企业,要开分公司的话,会找我们寻求建议和服务。"

在经手的业务中,两个项目在陆逢兆的印象里最深刻。一个是帮助渣打银行寻找总部场所。近几年,金融业业务飞速发展,寻找更大的办公场所成为当务之急。渣打银行向 DTZ 戴德梁行提出,希望帮助他们寻找一个合适的总部,并获得冠名权。寻寻觅觅,最后看中陆家嘴的一个项目。但一个有意买,另外一个不愿卖,只肯出租,特别是,一个是大型国企,一个是知名外企,文化差异非常明显。

怎样说服卖家出售? 怎样协调双方的利益达成最终合作? 一系列问题摆在陆逢兆团队的面前,"谈判进行了一年多",最后渣打银行以租赁及购买的方式在上海陆家嘴购买新建的办公用房,共 2.25 万平方米,并获得所处大厦的冠名权。

另外一个项目是济南路 8 号。济南路 8 号为新天地板块顶级豪宅。2009 年,DTZ 戴德梁行上海投资部协助凯雷集团,售出上海新天地的豪华服务式酒店项目"巴卡拉·济南路 8 号"。

这是 DTZ 戴德梁行投资团队继莎玛 Luxe 及锦麟天地商场后,在新天地售出的又一项目。"整个团队,不眠不休 5 个晚上,参与买卖协商,最后成功为客户完成交易。"

没有人才,不开分公司

陆逢兆说,DTZ 戴德梁行成功的原因十分简单:优秀的人才。"我们一直在寻找专业、具创新思维的人才,他们喜欢团队工作,在挑战中不断提升自己,希望为客户提供合适的解决方案。"

"我们发展业务非常小心,每年开 1—2 个分公司,不会开很多,因为人才难找。没有专业人才的地方,我们是不会轻易开分公司的。"

人才培养方面，一方面，公司每年从大学毕业生中寻找合适人才。培养一个有经验的专业人才，约需 3—5 年。"现在国内学生留学的越来越多，相对而言，他们的视野、思维等，都更容易与戴德梁行共鸣。"另一方面，DTZ 也鼓励员工，通过权威考核完善个人的专业资质。"现在市场越来越规范，国际与国内的专业证书不但提升个人的资质背景，也能更方便地开展工作，为客户提供专业的服务。"

　　陆逢兆自己身体力行，如今他既是英国皇家特许测量师，又是香港注册测量师，还是中国房地产估价师。

　　"其实我们对于市场以及竞争对手有非常开放的心态。"陆逢兆说："希望中国的房地产市场持续繁荣，现在有'五大行'，将来可以有'十大行'，千万不要从'五大行'缩小成'两大行'啊"！

（张之花）

"中体西用"的智慧

——访上海嘉德伟业房地产经纪有限公司董事长孙兵

【题记】

　　健谈、幽默、坦荡,这是嘉德伟业董事长孙兵给人的第一印象,和他交谈是件非常愉悦的事。孙兵学无线电技术出身,言谈间却显露出国学修养和思辩色彩,从《禅宗》《吕氏春秋》《周易》《逍遥游》等典籍中悟出企业管理的门道。他的眼神温和坚定,"以出世之心做入世之事",以商人少有的平常心和大智慧,在淡泊功利和追求功利之间平衡。

　　嘉德伟业最初以代理销售住宅项目起家,目前已经是员工 200 多人的集团化公司,业务涉及合作开发、商业酒店经营管理、物业管理、企业延伸服务、全程营销等,涵盖了商业、酒店、住宅三类项目,是世界酒店联盟的副理事长单位。谈到公司创立十年来的发展,董事长孙兵最大的收获不是做了多少成功的项目,而是找到了做企业的理念——中学为体、西学为用。

从有原罪到有智慧

　　冯仑曾经说过民营企业都有"原罪",在地产业闯荡了近 20 年的孙兵很认同这个观点,但他同时觉悟到,民营企业应该站在新的位置上反省。再次启程的时候,清空一些,留下一些,添加一些。这就需要企业管理和文化。

　　孙兵用八个字表述嘉德伟业的文化——"先己、博志、知化、贵信"。

先己就是做事先做人，正人先正己；其次，有广博的专业知识，这是赖以生存的工具；知化，就是前瞻性，对人事物的判断；第四，贵信是核心。做企业最终希望有"信"，通俗点说，有的人出去一分钱借不到，有人不打借条也能借到钱，差别就在一个"信"字。

但最让孙兵觉得受益匪浅的，不是找到了《吕氏春秋》里的这句话，而是参悟了"中学为体、西学为用"，并作为指导企业发展的思想。现在西方的先进技术我们学得很多，但是要变成有效的方法，必须建立在了解中国人文化习惯、沟通方式的基础上。比如合作要先签合同，合同执行不下去怎么办？责怪商业环境不规范，并不能解决问题。孙兵的理解甚为高明：中国人的合约是心灵之约，心灵上达成合作共识了，矛盾很容易解决。从这个意义上说，最好的合同是不看的合同。以人为本不是没规矩，也不是做事不需要计划，而是要敢于修改计划，修改计划也是计划的一部分。这，是他津津乐道的"中学为体"。

孙兵的理想是做有智慧的房地产企业。智慧是什么？他的回答出乎意料："智慧就是减少矛盾、容忍别人。实际上，宽容别人，你占了非常大的便宜，别人赚钱才开心，你不赚钱也开心，就立于不败之地了。"听起来有些阿Q精神，但是谁又能说这不是智慧呢？在他眼里，生意其实是个游戏，一定要按规则做事，但别太重结果。中国人说"以出世之心做入世之事"，说的也就是这个意思，做事要认真，但是最后做成做不成，都不要认真。

从卖住宅到做商业

回顾十年的发展，孙兵坚持认为教训比经验多。这既可以理解他个人的谦逊，也可以理解为嘉德伟业转换跑道、向商业项目转型的艰辛。

开发住宅项目和开发商业项目，差别在哪里？孙兵举了非常形象的例子：房产商就像是交通工具制造者，一开始大家都是造自行车的，后来慢慢开始造摩托车，赚了不少钱。有一天听说造飞机赚钱，决定明天开始造飞机。但是很多人以为造飞机就是摩托车加两个翅膀，没有在原理和结构上做根本的改变，转型失败是一定的。

商业地产，首先是商业，其次才是地产。做商业必须遵循商业规律，否则一定会输。曾经有个做住宅很出名的大开发商，开发了商业项目，找嘉德伟业包销，孙兵提出说必须要招商，开发商不愿意，还抱着住宅项目的思路，坚信只要卖光就赚钱。说服不了对方，孙兵只能硬着头皮，自己成立公司招商。这种教训有普遍意义——做商业地产,找准模式非常重要。而当初赶鸭子上架做招商,后来实力慢慢发展,成了嘉德伟业进军商业项目的支撑。

嘉德伟业也曾经吃过管理薄弱的亏,不顾自身的管理能力,把全国很多地方的项目都铺开了去做,做得怎么样不知道,只知道赚到钱了,一度把公司拖得非常疲惫。经历了种种教训,孙兵越来越明确,企业最需要做强而不是盲目做大。在这十年中利用做项目的机会,他把公司拉到新疆、四川、海南、天津等地锻炼队伍,也就是这十年间,他总结出规律:公司发展要和国家大势相匹配。

4亿农民变成城市人口,完成城镇化,建立乡镇商业配套是关键之一,仅凭农村自身力量无法解决。几年前嘉德伟业开始做社区商业,现在探索城乡结合部、农村、县城的乡镇商业配套模式。内地农村消费能力不高,不能套用城市大型商业联合体的做法,连锁加盟的模式更适合。孙兵沿着这个思路,在苏州、峨眉山、新疆做尝试,把上海的资源通过这个平台往内地推广。

除了运营商业项目,对客户资源、商业项目的支持也是嘉德伟业的服务内容。由于多年来锻炼起一支专业团队,做起社区招商已是得心应手。在海南成功开发了绅蓝和大卫·传奇两个度假公寓品牌,并在当地注册商标,把品牌给当地中小开发商使用,而嘉德伟业负责给他们提供项目服务。现在孙兵甚至考虑撤销销售部,成立客户服务中心,他的理念是用客服的模式做销售。

从追利润到避风险

孙兵也曾经一周之内决定代理20几万平方米商业项目的包销,最后成了公司的教训。如今回头来总结,资讯不完整、短短一周内决策,一定会出问题。用他的话说,就好像是在沪宁高速堵车、下着大暴雨的情况下,开一辆夏利在1个小时之内从上海赶到南京。理论上能开到,但实际上半路就出车祸了。为什么要冒这么大危险?因为只要一个小时赶到,就能中一亿元的大诱惑。在巨大利益的强烈诱惑下,人很容易变得盲目,忽略困难和风险。

经历了这样的教训,现在孙兵强调,发展企业要考虑长远。看似简单,做起来并不容易。为了长期发展而割舍掉眼前利益,必须抵制住高额利润的诱惑,对"擦边球"坚定地说"不"。因为一旦"擦边"变"豁边",企业会受很大影响。

在经营风险的认识上，孙兵也更加清醒。同样是房地产行业，代理企业的风险和开发企业的风险不一样。开发商投资的房子建起来就不会变，今天还为销售不好头疼，撑一段时间，房价普涨，都卖掉了。而代理商投入进去的人力物力、精力财力也是成本，房子没卖掉，前期的投入就打了水漂。

行业势头好，让行业内外长久以来都有一种观点，觉得代理企业没什么高明的，只是趁房地产大势赚钱而已。认识到代理企业在房地产行业的地位，孙兵自然不满足于只在产业链的末端，而逐步把方向调整到商业地产、酒店项目上。

很多开发商也同样考虑将来的问题，也在尝试酒店项目，但是都倾向于做五星级酒店，请国际酒店管理公司，没有考虑到酒店的盈利能力是否能承受高昂的开发和管理成本，常常头疼项目的利润不高。孙兵早在20世纪90年代初就在海南开发过中国大陆最早的旅游地产项目，这些年来更是练就了犀利的眼光。他总结的经验是，酒店项目要盈利，第一，做到不和开发商争利润点：开发商需要的是开发利润，愿意把经营利润拿出来分享，所以，代理企业要赚的是开发商的佣金和经营利润；第二，酒店一定要有专业团队管理，管理工具好不好用很重要，因此，即使自己能管理酒店，公司在海南三亚等地的酒店项目仍然收归酒店管理公司统一管理。

从做项目到做标准

在孙兵的眼里，一流企业做标准，二流企业做品牌，三流企业做管理，四流企业做项目。他不讳言嘉德伟业和别的企业一样，都是乘着房地产市场蓬勃发展的大势，从做项目开始发展。众多企业经历了战国时代的厮杀，如今怎么长久地生存和发展成了最需要解决的问题。

代理企业的共性是：业务能力强、管理能力弱，在发展中容易重项目轻管理。短期看赚钱很快，但是不利于企业的持续发展。做项目实现盈利是代理企业的成功经验，同时也给企业强化了一个错误的认识：要生存发展必须有大量的项目。做项目让企业成功但达不到卓越，孙兵有句话非常精妙：成功到卓越最大的障碍就是以前成功的经验。最著名的例子就是黄光裕，打擦边球让他成功了，认为这方法可以一直用，栽跟头就不可避免了。

孙兵说："我们一直在做企业。赚钱固然重要，但更重要的是在过程中走得扎实。"而他把企业文化融入管理的办法则有些另类——在公司推行

《弟子规》。员工一开始对内容不理解，他却不着急：《弟子规》容易理解，渗透了沿袭至今的社会文化基础，谁先做到，谁先受益。"冠必正，纽必结，袜与履，俱紧切"，说的是着装规范；"事勿忙，忙多错，勿畏难，勿轻略"，说的是工作态度；"势服人，心不然，礼服人，方无言"，说的是人际关系……孙兵先从自己做起，现在的办公新址在旭辉国际广场 10 号楼 2 楼，办公楼有电梯，他带头坚持上下班走楼梯。治大国如烹小鲜，做企业其实也要一点点积累。

现在孙兵在做企业最核心内容——标准。他曾经尝试推行 ISO 标准，后来发现这更适合制造业而不是专业咨询服务企业。现在就从自己的企划经验入手，做地产咨询服务企业的 ISO 标准。房地产企划的现状是没有知识产权，项目案名、企划创意等都是你用了我跟着学。通过建库的方式做标准化，把自己的特点放进去，给企业做模板。怎么获取项目、做好策划、执行得力。孙兵尝试着把策划阶段、销售阶段、管理阶段，都做成可操作性强的模板。这就是他一直推崇的"西学为用"。

（何丹丹）

133

「中体西用」的智慧

房产营销的"黄埔军校"

——访上海新联康投资顾问有限公司总经理周小丽

【题记】

　　她是一位来自宝岛台湾的地产女强人，有着30多年的房地产从业经验。她用自己的专业，创造了代理界的多个第一；她用自己的智慧，治好了许多楼盘的"销售绝症"；她用自己的心血，将员工培育成业界的香饽饽。她是一位成功的企业老总，也是一位孜孜不倦的公益楷模，她就是新联康（中国）有限公司总经理周小丽。

酸：台商突然不见了

　　被誉为"房产代理界的大姐大"、"上海楼市的巾帼英雄"的周小丽，1978年大学毕业，1979年加入台湾房地产策划代理巨头新联阳公司。

　　1992年，作为台湾房地产"金钟奖"的获奖人周小丽，毅然放弃台湾的高薪工作到大陆房地产市场开创一番事业。当时在新联阳集团工作的她，是应汤臣集团总裁汤君年先生邀请来上海浦东看一个项目。生平第一次来，上海给她留下了深刻印象，这一年她就来了上海三次，在第三次回台湾的时候就下了到上海发展的决心。

　　1993年，她来到上海。可就在那年，宏观调控政策出台，银根紧缩，房产开发商和代理商的路都变得异常艰难。

"我心里在想，这下真是'中奖'了，原先的计划完全被打乱。原先希望用三年时间，先做一些台湾开发商的项目，然后在这三年中，努力接触本地开发商，让他们了解我们。但是宏观调控一来，台湾的开发商基本上无以为继，刹那间我们的衣食父母全不见了，而本地的开发商还不认识我们，怎能不焦心？"

当老板在台湾召开股东大会决定关闭上海公司，后又提出资本额和工资减半谁去接手时，周小丽站起来接受了这个挑战。1995年，周小丽再次来到了上海，开始了新联康的拼搏。到目前为止，新联康是大陆唯一一家台商独资的房地产营销公司。

"在当时这么艰苦的环境中，我没有想过退缩，我坚信上海是有机会的，我对上海楼市的发展非常有信心。"

甜：每个项目都做好

周小丽到现在还记得代理过的一个经典个案，福州的华林御景，在一切不可能当中，创造历史。在初来上海"中奖"的那个阶段，她接到台北王重平建筑师的电话，介绍了福州一个项目。

到了福州后，地图拿一张，全市重要的工地走一遍，还没走完，周小丽心都凉了：产品差，市场更差！一栋栋的高层，几乎每一个都被分为三段式，裙房做商业，楼上做一部分住宅，一部分办公。每个项目都成了"大杂烩"，全部卖得七零八落。

研究市场后，新联康把华林御景"卖什么"概括为：福州第一座五星级温泉纯住宅。第一篇报纸的引导广告，标题是"福州没有纯住宅"，斗大的几个字，只留下一个电话号码，激起市场强烈反响，紧跟着第二篇、第三篇广告"福州没有五星级纯住宅"、"福州没有五星级温泉纯住宅"，这三次广告一出，项目定位已非常清楚。

在14年前，坐飞机绝对算是高档消费。新联康把宣传阵地锁定机场，先发布大型的户外广告牌。福州老机场很小，一块硕大的广告牌谁都看得见。后又和机场方面协商，在到达出口处派发印有福州港进出航班时刻表的华林御景海报。有个航班表，使这张海报有了保留价值，项目大获全胜。在新联康接手前，两年卖不动；新联康接手后，1994年6月28日开盘，年底销售75%。

"我们的每个项目，都有相当的成绩，这是有目共睹的事实，也是新联康能够享誉业界的最大原因。"周小丽谦虚地表示:"营销代理其实说不上什么学问,关键是要看你怎么做,看你的执行力。"

在她的眼中,代理商与开发商的关系,分三步走:"一是改变,把自己的东西告诉对方,让对方接受;二是适应,对方不理你,那只有你加入他;三就是离开,这很简单,既说不动对方,又不能与其适应融合,那就只好自己走人。"

20世纪90年代初,大陆商品房市场刚刚起步。"住的方面,没有想象的空间。"周小丽作为一个有着丰富市场经验的代理商老总,"那时还是比较牛的",经常帮开发商解决一些"销售绝症"。比如,有一个项目,面积超大,还都设计成东西朝向,非常难卖。开发商老总向她"求救",她问开发商老总:"你是上海人,还是我是上海人?"

苦:没有营销和按揭

新联康进入内地市场前几年,上海房地产市场还没有营销概念,银行也不提供按揭服务,种种因素使这家台资公司举步维艰。上海新加坡这个项目对新联康、对上海楼市,都是一个标志性的项目。通过这个项目,新联康终于在上海站稳了脚跟,而这个楼盘,也是上海第一个有市场概念、有规划理念、有整体营销主题的项目。

1995—1996年,受宏观调控的影响,市场每况愈下,在这两年中,外销房已没有什么销路,而内销房的市场营销还没起来,在计划经济走向市场经济的过程中,这两年大概算是最黯淡的。

那时开发商清一色全是国企,根本不相信市场运作,认为卖房还有什么专业? 能说话的不就能卖房吗? 那个时候的售楼处只有10平方米大小,一座模型,一个销售台,坐上两位漂亮妹妹,装上一到两门电话,人员很少有培训过的。

1996年下半年,新加坡DBSLAND公司在上海徐家汇路,要推出一个10万平方米的高档外资内销房项目,当时那是上海第一个外资内销房,而且开发商是国外公司,比较具有市场理念。新联康全体动员,终于得到开发商青睐。到了谈合同的时候,已经是1997年初春节,周小丽在台北跟新加坡之间不停地一稿一稿互相传真沟通。"价格成最大难点,B等的地段,开发商开出了A等的价格,每平方米7 650元。"签约现场,专案经理哭了,因为太难卖了。

还好开发商非常配合,在现场施工的情况下,做出 200 多平方米的接待中心,外加两座样板房,这在当时是开上海风气之先的。从此以后上海的项目终于知道,现场销售是需要包装技巧的,买房客户是需要被礼遇、被宠的。

1997 年 7 月 14 日项目开盘后,开盘十天内,售出 137 套。主要原因有两个:一个是市场定位成功,另一个是当时的时机帮了大忙。这个项目的注册名叫园景苑,不太容易被记住,新联康在注册名之外,又加了一个推案名——上海新加坡,表明是新加坡开发商的项目,另外也显示项目是一个非常重视环境、绿化的住宅小区,就像新加坡是一个全球闻名的花园城市一样。

时机也帮忙。上海新加坡正好赶上首批购房按揭。"项目成功与否,时机非常重要。房地产这个行业永远只有时势造英雄,实在没看到过英雄造时势的。"

乐:十九年三十三城

套用一句歌词说:"如今的新联康,与往年不一般。"

上海新联康在市场运作的 19 年中,取得了骄人成绩,以"热情、专业、诚实、负责"的精神赢得了业内外的一致肯定,业务涉及办公、商铺及住宅、别墅等各种类型,足迹拓展到北京、上海、大连、沈阳、青岛、武汉、长沙、南昌、苏州、南京、无锡、济南、福州、成都、重庆、天津等全国 33 个大中城市。

新联康对大规模、中高档、高档物业的策划、推广及代理尤其有独到之处:从最早的汤臣中心到上海新加坡、上海美树馆,从 1999 年上海单价 6 000 元以上项目销售面积和销售金额"双冠王"的四季园(当年上海市总排行全市第 8 位),到浦东最大的社区型项目——180 万平方米的上海证大家园,以及步高苑、古北瑞士、泰晤士小镇、万科四季花城、万科蓝山小城、金地格林郡等一批业界的指标个案,每个项目都获得市场和业内的双重肯定。

新联康还与万科、金地等房地产集团公司形成战略联盟。新联康 2009 年销售额达 350 亿元,位居业内前列。谈到未来发展,周小丽说:"发展愿景,是全国首三。"

业内有句行话:"易居的钱,世联的报告,同策的策划,新联康的人。"如今新联康在职员工超过 1 600 人,由于 19 年来为中国房地产业培养了众多精英,新联康在业界享有房产营销人才的"黄埔军校"美誉。

新联康的员工成了各大公司争夺的宝贝,遭遇频繁"挖角",被这一烦恼折磨的周小丽,采取了釜底抽薪的应对方式:加薪,加到让别的公司挖不动。

"给你一流的工资,但必须要做出一流的绩效来。"

周小丽是一个成功的商人,但却不仅仅是一个商人。多年来,新联康以尽我所力、为民所用的企业精神,关注民生,热心公益。2005 年末创办"西部阳光"慈善基金,为西部贫困学生和教师尽己之力。从 2006 年开始,每销售一套房子,都捐出 10 元来投入基金进行扶贫工作。而周小丽本人,更是慈善的榜样,她每年个人捐款 100 万元,用于公益事业。

如今,新联康的墙上挂着五颗"心"——诚心、细心、爱心、信心、决心。"我常说'热情、专业、诚实、负责'这八个字,这可能是一名房产营销员须具备的良好素质。接一个楼盘不容易,营销代理常常一跟就是半年到几年,一直做还要不怕重复,所以这份工作热情是必须的。专业则是基本功。诚实和负责是我比较看重的,做事要有负责任的态度,不要怕做错,去勇敢面对,这是我的一个职场观念,它不保证升官发财,但可以让你在工作上平平安安"。

(张之花)

精耕地产的营销专家

——访上海杰星房地产经纪有限公司董事长钱春芳

【题记】

他是一个低调的企业家，很少在媒体上抛头露面；他是一个喜欢分享的企业家，与同行分享经验，与员工分享财富；他是一个悲天悯人的企业家，他说自己做乙方苦，所以不会让自己的乙方也苦；他是一个不断超越的企业家，追求"超越别人是一小步，超越自己是一大步"。

创业：正值危机

采访钱春芳时，正是橘子红了的季节。有客来访，他总是先请大家品尝自家院子里种植的橘子。橘子个头虽小，但味道格外甜。"这是个国外品种，国内还未正式引进，只有我家院子里有。"

如今的钱春芳，是从容的，可谓从繁琐的公司事务中偷得浮生半日闲。但在 12 年前，杰星创业之初，却远没有这么闲适。1963 年出生的钱春芳，房地产管理专业硕士研究生，从 20 世纪 90 年代建材行业的蓬勃发展中掘到了第一桶金。多年以来和房地产开发商、建筑承包商的接触，不仅使他扩展了人脉关系，更是敏锐地洞察到了这个产业链中蕴藏的巨大商机。

1998 年亚洲金融危机的并发症还在隐隐作痛。1998 年的上海，整个房地产行业都在痛苦挣扎，但

钱春芳没有犹豫,他看准了房地产营销代理行业将来的发展走势,带着几个来自市场、营销、管理等不同背景的年轻人,孕育了"杰星"这个新生品牌。

公司成立伊始,面临着巨大的市场竞争和生存压力。大家本着最原始的创业激情,不辞辛劳、克服万难,硬是从市场上抢占出一个个机会,并且在漫长的行销执行过程中,总能比别人想在前头、做在实处,成绩往往超出开发商想象。

12年时间,一个房地产营销精锐团体从无到有、从小到大、从弱到强、从专到精,成功扮演了"产业链的资源整合专家"这一角色,通过多个叫好又叫座的成功个案,一举确立了"杰星"在上海房地产行业的地位。

钱春芳说:"从1998到2010,杰星从默默无闻到声名鹊起,从挣扎求生到品牌经营,12年代理逾110个楼盘,实现500亿元销售额,从1998年的销售2万平方米,到现在销售逾700万平方米,从5名开拓者到100多名员工。"

发展:品牌企业

如今杰星成绩斐然:连续六届荣获上海地产界的最高荣誉——金桥奖,并获得"TOP100中国百强代理企业"。

如今的杰星,业务涉及房地产营销、咨询、投资、招商等,涉及公寓、别墅、办公楼、创意产业及大型商业地产等诸多营销业务,贯彻"专业、专注、诚信、双赢"的经营方针,以一支高度专业、团结敬业的团队为依托,取得了骄人业绩。

杰星12年操作项目110个,积累了许多宝贵经验。有个项目入市时正遭遇2008年金融危机,当时代理商对楼市看法比较悲观,不敢轻易接项目,钱春芳却大胆拍板,以包销的方式拿下这个项目。转眼到了2009年,楼市又开始火热,项目卖疯了。

站得高、看得远、钻得深、做得稳,是杰星的宣言;诚信、自律、超越,是杰星的文化。诚信是经营之道,自律是为人之本,超越是发展之源。通过多年发展,一大批具有营销、企划、管理、地产投资等专业经验的年轻人汇聚在杰星,为打造"房地产产业链资源整合专家"而努力。

"用感恩的心,向身边的每一个人微笑"。钱春芳总是将这句话送给新进员工。"以人为本,以客为先"的管理理念贯穿于公司的每一个工作环节之中。由于为人诚信,钱春芳在业界获得了很好的口碑。

杰星一直致力于成为最值得尊敬和信赖的、领先服务行业的专业房地产公司,致力于为客户提供优质的服务并取得市场的双赢,在此过程中,为卓越的企业创造机会。在多年的公司运作中,与上下游的关系客户建立了良好的合作关系,如建筑院、设计事务所、装潢公司、物业管理公司及媒体、政府部门等。另外,杰星在地产界的资本运作也有口皆碑,通过资金的多元化合作,与客户形成利益共担的合作关系,整合各种有效资源,将双方的利润最大化。

杰星还拥有跨界多元的行销网络。由于办公地点就在古北板块,凭借长期耕耘的经验,杰星与港台地区、日韩、东南亚、欧美诸多同行结成合作关系,形成强大的渗透网络,行销网络健全、迅捷,对楼盘产生极强的去化能力。同时,杰星投资开发部掌握基金客及大户资料,可随时激活,操作极具投资价值的楼盘。

成就:经典无数

杰星创造过无数的销售经典,如金色贝拉维、四季花城、古北嘉年华庭、古北臻园、东郊1号、九九别墅、金色航城、创研智造、博威禧福汇、日月新城、蓝色港湾、虹桥国际大厦等项目,以其创造性营销及业绩,成为当之无愧的明星楼盘。

2006年,其代理的天价楼盘——古北臻园,在海内外客户中赢得巨大反响。2007年,其代理的高档楼盘——金色贝拉维在推出市场后创造了区域销售纪录。

金色贝拉维是古北知名楼盘,总建筑面积10万平方米,共由8幢高层组成,它是生活理念的一个提炼,也是法国精神的一个概括。项目开盘即受到购房者的热烈追捧,这个项目的全程策划营销代理就是杰星。纵观上海古北的高档楼盘,案名大多有赤裸裸展现财富的嫌疑,杰星表达的则是高尚。"金色贝拉维",来自一句法语,意思是完美的生活,这符合所要表达的感觉,是浪漫的、时尚的、华丽的,也是女性主义的。因为女性的敏感细腻更能体会这种法式情调带来的品位感和艺术感。

古北臻园位于古北新区外籍人士聚集地,为28幢独幢别墅和36套复式空中别墅,并且配置VIP尊贵会所,已是上海地区最高总价的高档别墅区。独幢别墅由加拿大专家按北美风格全新设计,采用国际流行的木结构,是境内外精英在上海的第一居所。

合肥项目御湖观邸，2010年10月6日开盘，共推房源260套，当天狂销180套，销售总金额突破亿元，再掀合肥市场交易热潮。

正在代理的东郊一号，东郊国宾馆正对面，26幢独栋别墅，最大占地面积四亩，是继檀宫后又一经典传世之作。

创新：多元发展

随着事业规模越来越大，光做代理已不能满足钱春芳的要求。如今的杰星，多条腿走路。代理方面不放弃，并逐步进入开发领域，同时还拥有自己的投资公司，进入金融市场。甚至还打算成立自己的物业公司。"有的项目特别不错，卖完后，交给别人做物业管理不放心，索性成立自己的物业公司。不一定赚钱，主要是为了自己的品牌。"

2007年底，钱春芳在江苏吴江市拍下了23万平方米的住宅用地，他说：我要自己造房子了。"当时拿地时市场不好，楼板价900多元/平方米。如今市场火了，楼盘卖7 000多元/平方米。"接下来，钱春芳打算继续拿地。

"在专业精进的基础上，将地产开发、实业经营、证券投资等多种行业发展壮大，实现公司的多元化发展。"

从2006年开始，钱春芳就已经慢慢地把手中的权力放给下面的经理和主管，这样既稳定了公司的队伍，也成功培养了一批能够独立自主的优秀管理人员。

杰星的员工是幸运的，不仅有足够的锻炼机会，待遇在业界也堪称一流。钱春芳说："公司发展了，个人也得发展，正在计划让中层干部分享公司股份。钞票是挣不完的。"

金钱，分享；权力，放手。如今的钱春芳，淡泊从容。"宠辱不惊，看庭前花开花落；去留无意，望天空云卷云舒。"他的心愿现在非常简单，就是"50岁之前，培养好一个接班人"。

（张之花）

做永远的市场赢家

——访上海赢佳房地产经纪有限公司总经理杨健

【题记】

今年的"金桥奖"惊现"黑马"！一家挂牌时间不长，名不见经传的"新公司"竟然异军突起，获得了上海市房地产"金桥奖"营销20强的宝座。赢佳策略的出现让很多业内外人士弹眼落睛，惊诧不已。但是见到了坐镇的总经理杨健，目睹了2009年超过50亿元的销售业绩后，饶是行业里挑剔的老法师们，也不禁翘起大拇指说：这个奖，该拿！

初见赢佳策略总经理杨健，气质儒雅言语风趣。何以能在这么短的时间内，让一家新公司在强手如林的上海房地产营销领域中"扬名立万"？直到采访结束，才明白事实的真相，这分明是一支专业实力强大，配合默契的成熟团队，而并非是传统意义上的"新公司"。

杨健这样解释"赢佳"的涵义：他说"赢佳"既是"赢家"的谐音，有"To be always winners"的意思，希望通过我们搭建的"金桥"，让开发商成为赢家，买房人成为赢家，最终实现共赢。此外杨健认为，"赢家"代表的也是一种企业文化，希望在管理上能够创造出一个家的氛围。

那么，"赢佳"，到底如何成为"赢家"？

以人为本，"赢"造人才之家

"21世纪什么最贵？人才！"葛

优在电影《非诚勿扰》中的一句经典台词揭开了赢佳策略成功的最大秘密。

赢佳有人。

杨健用"老兵新传"来形容赢佳的管理团队。"虽然我们公司成立并不久，但我们的高层管理人员如执行副总经理何昕、副总经理徐羚都有超过10年的从业经验，并且也已在一起合作有10年时间，中层管理人员至少有5年经验，核心团队在代理行业已有多年骄人业绩。"

也正是依托这一精英团队的幕后操盘，才有了2009年宝华企业集团的"城市系列"产品火爆上海滩的精彩传奇。

2009年，宝华"城市系列"三大项目：城市晶典、城市花园、城市海岸（海湾城）先后入市，斩获佳绩。

率先登场的宝华城市晶典项目，一面市就赢得满堂彩，开门红。城市晶典将2006年徐汇御苑实践的"广义精装修"概念进一步升级，细节装修得到加强和提升，对于挑剔但识货的上海购房者而言，当然不会错过这样的产品。城市晶典开盘当日就达到了80％的销售率。2009年初，市场仍在谷底盘整，这样的"日光盘"倍显产品实力和销售策略的成功。

之后的宝华城市花园、宝华城市海岸（海湾城）陆续面市，因为产品特色鲜明、社区打造成功等原因，每次开盘都实现高成交率。

位于金山的宝华城市海岸（海湾城）的样板房，联排别墅开门即可见"山"，虽是人工堆坡，但繁花似锦、绿树葱茏的美丽景观给现场的看房者留下了深刻印象。当时金山房地产市场上有多个楼盘在售，尽管宝华海湾城相比其他同类项目，仅公寓单价就要高出20％左右，但仍然获得消费者的追捧，每次推盘几乎被一扫而光。许多购房者不断来电追问：联排别墅样板区何时起售？

"知己知彼，百战不殆。"开盘最忌不温不火，为了一炮打响，"操盘手"前期做了充足的准备。无论是在产品定位，包括房型设计、景观打造、社区规划等涉及楼盘开发的品质、细节及品牌塑造等方面，还是用户需求，杨健带领的团队经过了丰富的调研和分析。

每次推盘都几近售罄的上佳业绩，验证了宝华城市系列产品的品质，也为"操盘手"赢佳策略赢得了业界的口碑。

"金桥奖"评审相当严格。房地产经纪行业协会要求参与"金桥奖"评选的房地产代理公司年度业绩体现的数据来源严格以上海市房地产交易中心网上实际成交数据为准，另外还要对公司的诚信体系、服务体系、管理模式经过专家多轮次的综合评分后方可入围。赢佳正是凭借着有着多年行业从业经验的精英团队;再加上 2009 年公司主要服务对象宝华企业集团的"城市系列"产品市场反响热烈,取得突出成绩,这才过关斩将,赢得了"金桥奖"的奖杯。

以静制动,赢得市场先机

"身未动,心已远。"

赢佳策略讲究的是:意在为先、以静制动。"静"并不意味着静止不动,而是吃透政策走向,看透市场动向,因循利导,借力打力。

"坐地日行八万里,巡天遥看一千河。"赢佳策略掌门人杨健长于趋势研究、策略决策,这无疑使企业少走了不少弯路。从 2008 年起始延续至 2009 年年初的市场调整,无疑是房地产行业的一次重新洗牌。不少房地产企业开始收缩战线,打算过冬。杨健则在貌似冬日的寒风里嗅到了春的暖意和商机。

采访中杨健提到:"早在 2009 年初,我们根据市场的一些变化,判断出 2010 年楼市升温的行情,因此我们提前做足前期准备,项目运营时开足马力,最终喜迎丰收年。"

早在 2009 年 3 月上海春季房展会上,杨健留意到:一般情况下,春季房交会因为时间节点和周期等问题,关注度不会很高;但是当时的情况并不同,看房、购房踊跃。"春季房展会对当年楼市有风向标作用。经历 2008 年过度观望后,这次春交会可看成是刚性需求的一次井喷,再结合当时营业税等政策改革,楼市政策方向的转变,我们认为楼市会升温。"市场再一次证明了杨健的敏锐嗅觉和精确判断。宝华的"城市系列"也因此在 2009 年的上海楼市中大放异彩,占得先机。

从杨健的个人博客中我们看到,刚刚施行的"二次调控",已在杨健的预测之中。早在 2010 年 9 月,面对"金九"成交量连续五周攀升的大好态势,杨健就曾理智地判断:"如果房价下一步呈现非理性上涨,国家很有可能会出台更严厉的措施,对楼市进行调控。十月将是考验楼市的分水岭。"

对于此次调控,杨健认为,这次政策表示出政府对楼市调控的决心很大,他认为,之前信贷政策收紧、投资客办不出按揭已经对前一阶段销售产生了影响,加上此次限购政策,肯定还有影响,开发商的营销和促销力度将更大。

杨健以其丰富的经验,总结出了房产发展的周期规律:楼市每一次回落,都是对之前一轮房地产快速增长的缓和。例如,2009年楼市高速发展,近一年内,房价伴随地价一路高歌猛进,屡生新地王,以至于很多业内人士都大呼看不懂,这就暗示了调控的必要性。至于房产的价格走向,杨健认为取决于多方因素:一是市场行为,综合考虑需求与供给两方面因素;另一方面,地价、宏观环境等也非常重要。

在如何应对出台的政策上,他回答:"市场不好时,代理行业应该更多地考虑如何练好内功,如何服务得更好,如何更加完善销售策略,如何详细落实整个操盘流程和细节,最关键的是如何确保发展商资金链顺畅运转,这些正是赢佳策略一直努力在做的。"

谈到房地产营销代理企业如何应对宏观调控带来的影响,杨健表现得非常平和理性。他表示,尽管2010年市场上会遇到一些阻力,但对于企业而言,正好趁这样一个轮次进行公司内部的结构调整,为下一轮的腾飞做准备工作。

"不论市场好坏,修炼内功,提升产品品质永远是正确的方向,因为在不同的楼市环境下能够脱颖而出的楼盘,一定是不遗余力追求品质的楼盘。"这正是赢佳的根本理念。

以诚致远,"赢"建品牌标杆

赢佳重诚。

杨健多次提到,"诚信是非常重要的,这根弦永远不能松。"杨健提出,要把诚信教育制度化、日常化、寓教于乐化,潜移默化成员工奉行的职业理念。

很多企业都意识到诚信的重要性,但落实过程往往不尽如人意,有可能沦为走过场。赢佳策略一直重视对员工的诚信教育,摸索出一条"寓教于乐"的新路。

杨健认为,诚信教育对房地产营销代理企业非常重要。代理企业最讲究的是"专业+诚信",缺少专业素养,就不能体现对开发商的服务价值;如果没有诚信,就很难得到购房者的信任。因此,房地产营销代理企业,业务上面讲究专业,服务上面讲究诚信。

正是出于对诚信的重视,赢佳策略在员工大会上,把诚信教育融入拓展训练,借鉴了一家国外专业培训机构研究出来的一种新方法。把诚信教育融入到游戏中,这也就是所谓的诚信教育"寓教于乐"化。房地产行业的特性使得业务员的流动性非常大,基层业务员也只有在开年会的时候才能互相认识,每个月都会进来一些新面孔。因此赢佳策略的高层管理人员想出了"破冰活动",通过组织这一活动,加深业务员之间的认识和理解,同时加强诚信教育,在游戏活动中潜移默化地提高行业自律和诚信服务。

杨健认为,管得再严也会百密一疏,很难把管理触角深入到业务基层的方方面面,因此很难保证个别业务员存在忽视诚信的方面。对此,营销代理公司必须意识到,一旦出了问题,首先影响的就是开发商的信誉,同时也给购房者造成损失。因此必须通过不断地摸索,把诚信教育制度化、日常化、寓教于乐化,成为员工自我教育、自我约束的职业理念。

"只有完善服务,才能掌握发言权。"

2009年,"城市系列"已成楼市传奇;2010年,"盛世系列"正在崛起。杨健的观点是,先做事,再做品牌,要把主要精力花在项目上,营建品牌标杆。

城市系列的压轴项目宝华栎庭即将推出,其位于5 000亩大型南翔绿洲星城生态居住区的核心地理位置,规划为独栋与类独栋纯二层别墅社区,是上海首个将赖特建筑与东方院落文化相融合的豪华别墅项目。

接下来,位于宝山的宝华盛世花园即将上市,这是一个地铁1号线北延伸段旁的品质小高层社区,户型采用创新设计,既把户型面积控制得很好,也充分考虑到了居住者的舒适度。所有户型100％南北通透且有新风装置。2房面积均在90平方米以下,3房面积在100平方米左右,四房135平方米,面积控制合理,确保总价不会太高。

它的芳邻宝华北岸峻庭则是别墅和高层公寓构成的低密度社区,和宝华盛世花园产品互补,其100平方米的联排别墅相比目前市场热捧的"90墅"舒适度更高。

位于金山朱泾镇的盛世铂翠则是小高层与双拼别墅组成的高端项目,是宝华集团着力打造的地域性精品标杆,也是未来赢佳策略重点主推的别墅项目,预计要到2011年上半年面世。

除了住宅项目,赢佳同时进军商业地产,未来有东泰休闲广场、老站1898。

此外,位于舟山群岛的"桃花岛"项目,是离上海最近的蓝色海滩上的度假别墅,它的70—90平方米的MINI别墅全部以东南亚渡假酒店风格进行精装配置,且户户都有私家庭院与豪华洗浴空间。

"只要做了,会把产品做到最好。"

让我们期待赢佳策略的"盛世花开"!

(田苗苗)

做房地产行业的"灯塔"

——访上海天地行房地产营销有限公司华东事业总部总经理朱建霖

【题记】

　　从2001年成立之初几十个人的小公司到如今上海代理行业十强、全国代理行业百强企业,天地行在较短时间内快速成长并有所突破的秘诀,源于9年来立足专业化经营,以资源整合力、全案解决力、资本运作力为依托的企业核心竞争力的打造;源于勇于创新、坚持不懈地致力于品牌营造与建设的正确战略决策;更源于全体天地人伫立风雨中、照亮他人路的"灯塔"精神。

系 出 名 门

　　国资背景是天地行体制上最大的特色。

　　创建之初,天地行就不是一个单纯的代理公司,而是各种优势资源的组合。朱建霖介绍,2001年4月,上海天地行房地产营销有限公司由上海市上投房地产有限公司、上海嘉盛房地产顾问有限公司、上海华晓广告传播有限公司三家行业巨子强强联手,宣告成立。天地行的最大投资方上投房产,是上海国际集团旗下的全资子公司,是上海12家房地产开发骨干企业之一,在资金储备以及管理体系上都充分显现国有资本的强大实力。华晓广告精于品牌形象的策划包装,掌握沪上众多优质媒体资源。天地行通过整合客户服务、信息工程及诸多电视、平面、户外媒体方面的资源，全方位立体塑造和宣传、提炼天地行企业品牌，迅速在业内形成了不凡的影响力。

国资背景还是天地行与开发商特别是国有企业联系的内在纽带。与多数民营企业相比，国企最大的优势是诚信。9年来，天地行凭借稳健务实的国企行事风格、以合作伙伴的利益为大前提的操盘思路，赢得了开发商的信任。市场好的时候，天地行主动少拿溢价部分的佣金，将更多利润留给开发商，这对一些民营代理公司来说，简直不可思议。天地行人认为，销售做得好是市场所赐，营销策划的功劳有限。互相体谅、理解是互信的基石，这种信条为天地行赢得了客户，并带来了更多新的合作伙伴。朱建霖说，与天地行合作的开发商中，70%具有国资背景，同样的体制创造了相同的话语体系，对话沟通顺畅，彼此信任度更高。

企业都是追求利润的，但天地行不会片面追求利润的最大化。内行知道，国有企业"只能赢，不能输"。赢是应该的，输了就会造成国有资产流失，是严重的失职。朱建霖说："别人做十个盘，八个赢利就够了，天地行做十个盘，十个都要做好，可以每个少赚点儿，不能有一点闪失。前期做经济评估时，如果项目不赚钱，我们不会做，一旦承接下来，就一定要做好。"

迅　猛　发　展

天地行在短时间内迅速成长，以业绩证明实力，在业界引起瞩目。

朱建霖介绍，2001年天地行刚成立不久，即受卢湾区政府委托，负责区域存量房开城新苑的销售去化工作。凭借对市场和产品的出色把握及对消费者需求的深层次挖掘，该盘不到半年便达到百分百去化，盘活存量资产达1.3亿元。之后天地行继续承接了卢湾区中汇公寓、汇龙新城项目，均不到半年便销售一空，创造了卢湾区一系列精品住宅热销典范。

雄厚的资本使天地行有实力涉足房地产投资领域，2002年开始，天地行着手进行存量房项目的投资改造工作。通过拍卖形式先后买断静安华通大厦、陆家嘴胜康廖氏大厦存量办公楼并进行了成功的企划包装和营销推广，公司创利2 500万元。这两个项目的操作成功，验证了天地行高度的专业营销能力、激活市场流通的资本运作能力和对产品、对市场的把握能力。

天地行提倡消费者购房全程一站式服务和开发商营销全程服务的理

念,并通过开设"天地置业会",将服务贯穿于售前、售中、售后环节。截至目前,旗下专为业主提供售后服务的"天地置业会"已拥有 17 万会员,并且在不断增加中,这为天地行所有的代理项目提供了稳定的客源,也为企业的品牌创下了良好的口碑。

2002 年至 2004 年间,天地行全面进入上海营销代理市场,事业驶上快车道。业绩连年翻红,资本迅速积累。同时,天地行着力打造以资源整合力、全案解决力、资本运作力为依托的企业核心竞争力,不断提升服务品质,在业内树立起天地行的金字招牌。

危 中 求 机

顺风顺水,难较高下。市场不好的时候,更能体现营销策划的价值。

2005 年、2006 年间,国家宏观调控政策紧锣密鼓地出台,上海房地产市场发生巨大的变化,很多房地产企业关门、转行。身处其中的天地行也不能置身事外,代理业务受到巨大冲击。如何适应市场变化、摆脱不利局面呢?天地行从自身入手,加强了营销策划的力度,在细节上精益求精。

朱建霖回忆,2005 年,在闵行天籁园别墅的营销中,天地行通过对产品和客户群的深入分析以及重新定位,克服了工程延期、房屋抵押等种种困难和阻碍,取得了二百二十余套别墅全部售罄的佳绩。同年,天地行以信托贷款方式参与了浦东金桥地区高标准金融商务办公楼银东大厦的资产收购。克服了银行放贷趋紧以及首付成数增加等困难,仅用了 15 个月便完成该办公楼 100％的销售率,在天地行营销史上书写了精彩的一笔。

2006 年,天地行顺应市场变化,改变了传统的运作模式,建立起全新的战略机制:由初期采用的"个案代理"模式转为"战略合作"模式。2008 年,天地行更进一步确立了"中长期经济发展"的合作模式,确保公司有更稳定更持久的发展。与此同时,天地行重点充实了商业地产的力量,并先后与上海环保(集团)有限公司、上海百联集团有限公司签订了合作代理项目,为中长期发展奠定了坚实基础。

全 新 天 地

天地行的全国战略早在 2003 年便开始布局。以上海为基地,天地行不断推进全国范围内的房地产营销代理业务,南至江西,北至北京,西至成都,先后进驻了 26 个城市，做到立足上海，辐射全国。

朱建霖看好二三线城市的发展。他认为："一大批拥有产业基础的二三线城市，经济发展的潜力巨大，人口规模不断壮大，住宅产业发展后劲十足。一些我们印象中普普通通的城市，它的房价的变化、房地产开发规模、体量都非常惊人，比如乌鲁木齐、鄂尔多斯等城市。我们进入一个城市之前，都会对它的经济发展做出研判，一般来说，只要这个地区是有钱的，我们的产品定位是正确的，产品是他们需要的，价格是他们接受的，项目的安全系数都是比较高的。"在宜兴氿滨项目的操作中，天地行由于前期产品定位、营销策划、媒体包装均做得较全面、详尽，短短 7 个月，销售价格超过宜兴最高房价 20%，一举成为宜兴最高档的住宅小区。

朱建霖说："2010 年的宏观调控政策出台后，二三线城市市场表现比一线城市更稳定。一线城市是政策导向型市场，政策一旦收紧，全局陷入观望，营销策划对项目的促进作用就不明显了。而很多二三线城市不在调控范围之内，如天地行在常州、苏州、扬州、江阴的项目都没有受到调控影响。我们的策划、宣传都很到位，又结合产品的特性、投入成本、开发商对利润的期许、客户接受的心理、对未来市场的预判等等因素，制定了最合适的价格，保证了项目的成功去化。"

去外地拓展不可能一帆风顺，遇到困难在所难免。朱建霖介绍，外地市场发展相对滞后，不规范行为比较多见。碰上不规范操作，天地行多数会主动调整自己，努力适应当地情况，寻求沟通解决，从没有因为一些磕磕碰碰影响了项目的进程。

稳 健 平 衡

在一个平台之上，做到企业赢利、员工满意、社会得益，是天地行不懈的追求。

国有企业的阳光雨露滋润着天地行，这里有完备的薪酬福利体系和晋升机制。天地行的内部管理非常人性化。制度的制定、处理问题的出发点和方法都充分为员工考虑。解除劳动合同之前，会先到员工家中家访，如果家中已经有成员下岗，这位员工是家中唯一的劳动力，就不会辞退。

朱建霖说："一次，一位外派员工生病，由于公司已经为他办理过协保，完全可以推向社会，减轻企业负担。但将员工往外推的事，天地行做不出。在天地行，一个人碰到困难，大家都会伸出援手。"天地行多次为困难职工举行"捐出一日工资"活动,解决了他们的燃眉之急。

随着外地项目的逐年增多,外派员工数量也多起来。帮助外派员工安排好生活,解决他们的后顾之忧,成为公司行政人事工作的重要课题。

朱建霖说,天地行对员工最大的吸引力是诚信。公司向员工承诺的奖金一定会兑现。代理行业人员流动性大,而天地行很多一线销售人员都在公司服务了五六年。

9年风雨洗礼,天地行已经成长为一家集房产策划、房产营销、房产品牌统筹集合优势的全程代理综合服务品牌公司。连续4次荣获中国房地产策划代理公司品牌价值TOP10,连续7次荣获"上海市房地产营销二十强金桥奖",品牌价值超过4亿元。

满载荣誉和使命的天地行,致力于做房地产营销代理行业的"灯塔",在风雨中,为往来的船只带来光明和希望!

(佟继萍)

多元发展的地产先行者
——访上海锦和房地产经纪有限公司总经理蒋雷霆

【题记】

  风雨彩虹 15 年,上海锦和房地产经纪有限公司从一家名不见经传的本土房地产营销代理企业,成长为今天涵盖土地评估、前期策划、项目定位、市场研究、营销代理、推广企划等房地产各个环节的知名品牌综合服务商。凭借敏锐的市场洞察力、雄厚的资金实力,锦和集团居安思危,守正出奇,驾驭着房地产营销代理、房地产综合开发加上商业地产运营管理这"三驾马车",成为业内多元发展的地产先行者。

  初见锦和投资集团有限公司副总经理、上海锦和房地产经纪有限公司总经理蒋雷霆,颇有"名不符实"之感。

  蒋雷霆是标准的"70 后",成熟稳重。但他本人却少有名字带给人的雷霆万钧之感,相反,十分的儒雅低调。

  1995 年,锦和房产成立之初,蒋雷霆便已进入。15 年来,他和公司一同成长。对于不断成长的锦和,蒋雷霆看得十分明晰透彻:"锦和是和时代紧密接轨的企业。它嗅觉敏锐,时刻把握住时代的脉搏,与整个中国的市场经济一起成长:从幼儿、少年一直到今天的壮年阶段。前期由于资金实力的限制,锦和只是销售代理公司;中期抓住发展机遇,做大做强,成立开发公司;后来历经宏观调控,致力

拓展商业地产，进入商业园区改造领域。"

尽管锦和8次蝉联金桥奖、荣获中国房地产策划代理百强、上海房地产关注商标（品牌）、中国房地产服务与中介行业100强、上海十大金牌代理等难以计数的荣誉，但蒋雷霆仍保持一贯的低调理智，他把锦和成功的经验概括为居安思危，抓住机遇，短中长期项目结合，三块齐头并进保证公司稳健发展。这也是比别人要领先"半步"的核心竞争力。

"半步"优势究竟是怎样形成的？

厚积薄发，精耕营销代理

1995年，上海锦和房地产经纪有限公司成立。当年的锦和从外销房起步，主要经营外销商品房的代理销售，擅于运用海内外广泛的网络关系，以熟悉国情的专业人士进行实际业务操作，为客户提供高水准的房地产投资专业服务。1997年之后，随着内销房市场的飞速发展，锦和公司顺应市场的需要逐渐将主营对象转移到国内市场。主要的项目有临平路、四平路上的虹临宝都，江浦路、周家嘴路上的阳明新城，浦东的兰村大厦，还有打浦桥的华业公寓等外销转内销的项目。

房屋营销代理是锦和的传统业务，锦和一直致力于把这一块优势业务做精做强。凭借专业的操盘手法和良好业绩，锦和8次获得上海市房地产经纪行业协会评定的"金桥奖"。

2010年的春季房展会上，锦和携12个精品楼盘参展，5大精品楼盘及7个商业、招商项目齐集一堂，着力诠释锦和房产"厚积薄发，精耕上海"的企业精神，展现各个项目的品牌形象。

无论是锦和集团自身参与开发的"荣域·飘鹰锦和花园"，还是全程代理的"底特律财富天地"，均在2009年取得骄人业绩，跻身上海销售榜前列。位于北外滩顶级地段集海派豪宅与精品酒店式公寓于一体的"中信虹港名庭"、嘉定新城核心5.55米层高SOHO公寓"晶鼎"、普陀主城核心湾流社区"逸庭"等，更是被多家媒体推誉为2010年最值得期待的项目。

丰富的产品线也让观展的置业者大呼过瘾，既有市中心景观豪宅，也有地铁沿线满足首次置业的婚房，还有嘉定新城的精装修小户型，遍及上海不同区域，能够满足购房者的多种需求。此外，越界、御锦轩、永嘉庭、智造坊、苏河汇、复鼎大厦、圣骊创意园等一批由锦和集团统一招商运营的商办项目也集中参展，丰富的物业形态、优越的商业地段吸引了大量商家、企业办公需求者的眼球。

2010 年锦和在"区域攻坚战"上的表现更是可圈可点。锦和在嘉定新城"抱团作战",全线出击,操盘 LOFT 酒店式公寓获得了巨大成功。1 月份开始,"安亭底特律"项目一炮而红。该项目距离 11 号线安亭站只有 1 分钟路程,超高的性价比在房展会现场就已经吸引了诸多客户咨询。该项目分为南北两幢楼,北楼先预售,一跃成为上海当月销售的前三强,到四月份已销售一空。南楼 4 月份开盘,虽然遇到宏观调控,但商办项目相对来说影响较小,销售一直不错,每个周末都有 10 多套成交,预计今年年底会结束。"鼎系列"也都卖得不错,之前的"嘉鼎"办公楼,三年还未售完,锦和接手改造包装后,一年售罄。晶鼎,是鼎系列之二,9 月份刚刚对外公开,也是 LOFT 项目,应该是该区域的经典项目,目前销售情况也不错。此外即将开盘的高端酒店式公寓项目"博悦酒店",该项目因其高品质和稀缺性也将成为区域内的一个标杆。

居安思危,进军开发领域

蒋雷霆说:"对于锦和,5 年是一个阶段性的成长期。"

1995 年,锦和初创。2000 年,锦和已经将触角伸进了房地产投资开发领域,做出了新的尝试。一开始,锦和拿了两幅小型地块小试身手,开发了"上南苑"和"东方名筑",在市场上反响热烈,很快销售一空。

锦和敏锐的市场嗅觉和精准的操盘理念引起了当时合作的建筑施工方的关注。2003 年,两家企业强强联合,造房子和卖房子的开始强势合作,优势互补,共同进入房产开发领域。之后先后开发了现代城、徐汇御苑、徐汇临江豪园等十几个上海滩上赫赫有名的项目。

自己建的房子自己卖,和卖别人的房子有什么不同?

蒋雷霆笑答:"这有点像足协,角色不是最好当。我既是项目公司的副总,又是销售公司的总经理,角色互换的确需要平衡。"不过蒋雷霆认为,无论是服务外面公司还是自己公司,项目品质是第一位的。应该立足于把项目打造成为该地区的标杆项目,对社会负责,对企业负责,也对购房者负责。但是对自己的项目来说,我们要求会更高一点。对于外面的发展商而言,坚持到最后还是要服从开发商的意志。对于自己的项目,可以更加精益求精。

那么如何处理成本和利润之间的矛盾,毕竟锤炼品质必然面临着成本的上升?

对此蒋雷霆表示,当建造与销售变成"一体化流程"后,成本和品质的矛盾反而更容易解决。就拿锦和集团自身参与开发的"荣域·飘鹰锦和花园Ⅲ"来说,这一别墅项目是锦和在宝山地区重点打造的标杆项目,将于10月份推出。由于对品质感要求很高,公司一直在精心锤炼项目的细节,不断地改动,使之完善,比如绿化环境、样板房等。所以项目公司和销售公司常常发生激烈的争论,整改一些不够完美的地方。由于"一家人不说两家话",成本控制与利润创造可以把握得更加精准,信息也更全面更对称,可以针对市场预期通过销售进行平衡。

在开发中,蒋雷霆求"稳"。他调侃自己在企业中主要"做进出口生意"。"出"是指房产销售代理,"进"则是项目的选择和投资。他认为锦和之所以能在开发路上走得比较稳健,主要在于对市场理智的判断,不能头脑发热,超越自己能力拿地后再去退地。要清醒认识到市场的变化和自身的实力,将风险落在可控范围内。

守正出奇,拓展商业地产

2006年,又一个5年阶段开始,锦和揭开了新一页华彩篇章,开始转向拓展商业地产。这在当年,无疑是非常大胆的尝试。

回首当年的决断,不得不感叹锦和的睿智和果断。虽然经历了2005年的宏观调控,但2006年的上海楼市已经呈现反弹态势,住宅销售一路向火。这时候分出人手和精力去做少有人碰的商业地产,需要胆略和勇气。

一位业内人士曾经说过,住宅和商业地产是完全不同的两个系统。会做住宅不代表会做商业地产。做住宅的是小学生,做办公楼的是中学生,做商业的是大学生。锦和从销售代理跳到开发再到商业地产,是什么促动了这一转型?

蒋雷霆表示:住宅的利润总会到顶,如何控制公司风险成为企业领导者要思考的问题。有些项目要快进快出,有些项目可以中期持有,有些项目则要看长线,有稳定的回流资金,短中长三块业务齐头并进,才能保障企业的可持续发展。

商业地产正是锦和看重的长线业务。锦和通过投资开发、改造、收购、拍卖等多种形式拥有了多个商业房地产项目,其中包括自有商业物业,如:华清名苑商业街、巴黎时韵商厦、宝华现代城商铺、文新报业大厦(部分楼层)等,具有稳定的现金流和投资收益。

而"越界"则是锦和商业地产园区改造项目中的标杆之作。"越界"位于上海徐汇田林地区，是锦和一手打造的上海最大的创意产业园区。该项目总面积 10 万平方米，是集创意产业、办公及商务于一身的"创意生活与创意消费"的高品位业态集聚区，也是 2010 年上海市国际创意活动周主会场。

经过锦和的专业打造，原来的"金星"电视机厂的废旧厂房华丽转身，一方面盘活了市政资源，充分体现了土地价值；厂家则可通过租金收入，获得比制造业更好的公司利润；此外，对于小业主而言，办公楼业主用较低的成本就获得了更好的办公品质，对于商家而言，有商务客户支持，生意自然红火，众多承租客也能得益。

这样"有利无弊，三方得利"的改造让不少地方厂家"眼馋"不已，很多地方厂家甚至政府来到"越界"参观后，热情邀约锦和参与到当地的厂房改造，洽谈中的已有杭州、北京、天津等地。

作为房地产领域的先行者，未来的锦和，仍将坚持"三位一体"的运作模式：扎根上海，深耕营销代理业务；精心开发，锤炼作品标杆；拓展商业，做精商业地产。

157

（田苗苗）

成功背后的太极之道

——访上海普润房地产顾问有限公司副董事长、总经理王德生

【题记】

　　上海房地产行业圈有句话："不知道王德生，说明你入行太晚。"这个有着近20年房地产从业经验的"老法师"，经历了上海房产代理行业起步、发展乃至惨烈竞争的整个过程。他经验丰富，好学不倦，特别强调执行力的重要，他甚至创造性地将太极文化运用到公司管理中，打造了普润这个竞争力强、人情味浓的"和谐公司"。

其人：睿智的"老法师"

　　采访王德生，是一件很惬意的事。这位上海楼市的"老法师"，睿智而低

调，有着近20年的房地产从业经验，满肚子的房产典故，对代理行业有自己的精辟见解，而且能言擅道，喜欢与人分享自己的智慧。

　　王德生一直是好学生、好干部、优秀党员。1984年，他是上海市房地局组织处的干部；1990年，他任上海市房地产交易所所长（现房地产交易中心）；1993年，他担任交易所与香港中原合资的"中原国际"总经理，一干就是8年。

　　2001年，王德生以"中原国际"的班底成立"上海浩源房地产代理有限公司"。两年时间，浩源的净资

产增加五倍,但他继续寻求更大的平台。

2003 年 12 月,上海普润房地产顾问有限公司成立。注册资金 2 000 万元,结合金丰易居、上房置换和鹏欣地产三方资源,普润成为上海为数不多的涵盖一、二手物业中介代理服务的公司。时至如今,形成上房置换专做二手中介,普润主营一手代理的联动格局。

虽然普润成立较晚,但在王德生带领下的整个核心团队,从中原时期一路走来,南征北战,已沉淀了 17 年的业界经验。

王德生不仅实战经验丰富,在理论上也颇有造诣,他先后发表《房地产经纪人成功的诀窍》、《做一个成功的房地产经纪人》、《探讨中国房地产中介之路》、《跨区域经营管理的策略探讨》、《公司经营中的太极之道》等重磅文章,个人"随想录"更是字字珠玑、耐人寻味。

作为上海楼市根正苗红的"老法师",多年积累的人脉关系使得王德生装了一肚子典故,他笑称"退休后可以写本地产风云录"。

其创:太极文化管公司

1998 年,王德生提出一二手房联动的理论,认为二手销售单兵能力强,一手销售分工明确,如果把两者的优势结合起来,将会极大地提高团队战斗力。当然一二手房联动,不完全是渠道联动,更多的是操作模式和操作理念的联动。

他还将太极文化用到企业经营当中,认为太极拳讲究顺势而为,因势利导,而非推诿,是一种很好的思维方式。业内人士都知道,王德生有很深的太极造诣,在先后举行的两届国际混元太极拳比赛中,他蝉联两次金奖。强身健体之余,他在日常生活和工作中也将太极思想发挥得淋漓尽致,特别是在公司管理领域,收益匪浅。

在《公司管理中的太极之道》一文中,他提到:"拳是小道,本于太极之大道。"太极拳与公司经营管理看似毫不相干的两个事物,之所以能够产生千丝万缕的联系,归根结底,是因为太极拳的理法思想源于中国古代朴素的辩证唯物主义哲学思想,蕴含了无穷的哲学思维和事物运动、变化、发展的规律。在公司经营和太极习练的互动中,可以领悟更加深广的玄机与内涵。

其队:杀鸡必须用牛刀

在普润员工的眼里,王德生是个很喜欢动脑筋的领导,有不少"个性理论"，比如"杀鸡必须用牛刀"。他认为，每个代理公司都会经手不少项目，一个项目做得好不好，不在于这个项目团队强不强，而在于公司给予的支持力度够不够。

"用太极原理来说，集中全身力量于一点，这样的爆发力才强。"正是处于这样的考虑，普润组建了"中央企划中心"，对每个项目都给予最大程度的数据、规划、策略支持。用公司的"牛刀"解决每一个项目。王德生认为，公司和员工是"伙伴关系"，相互吸附，你发挥作用，我提供品牌。"为自己做，是源动力。员工就要为自己做。而领导应该设计机制，使得员工越为自己做，越推动公司前进。"

普润践行"没有任何借口"的强势执行文化。"做不好，有一千个理由；做得好，只有一个理由。"在宏观调控市场压力最大的时候开会，台下面几百个员工，六十几个干部站台上，王德生给每人发两本书：一本《向解放军学习》，一本西点军校的《没有任何借口》。"我告诉他们，不许抱怨市场，不许抱怨领导，不许抱怨员工。开会时候'市场不好'四个字不许出口。"

实践出真知，通过不断地摸索、补漏，如今普润已建立一整套完善的流程、制度及成熟的操盘模式，确保销售进程中的组织执行及秩序井然。

普润还是个很有人情味的团队。"有的员工出去创业，失败了，没关系，再回来。很多员工从大学毕业一直呆在这个单位，把这里当成自己的家。"

其史：屡创销售"神话"

王德生谦虚地表示，公司做得不是特别好。接着，他又开玩笑地说，普润注册资金 2 000 万元，现在净资产就有 6 000 多万元。不算以前在中原及浩源的辉煌战绩，仅在普润成立 6 年多时间内，公司累计服务项目百余个，涵盖住宅、商业、酒店、办公等各种物业形态，成交金额数百亿元。经过 6 年的发展，今天的普润，不仅让所有股东按照股利全部收回了投资额，而且资产在 6 年前的基础上多出了 3 个普润。

本着"了解客户，切实满足客户需求"的服务宗旨，普润创造了多个销售"神话"。凭借精准的大势预判，其代理的印象春城，准确拿捏推盘节奏，在2010 年创造了一个月签约 1 396 套、销售金额近 18 亿元的楼市"神话"，至今仍稳居在 2010 年全市销售排行榜榜首。而在普润历史中，这样的"神话"屡屡上演。

马鞍山东方明珠一度独揽马鞍山市销售排行榜销售套数、销售面积、销售金额三项冠军。2009年普润地产包销项目——无锡上城杰座,在无锡新区异军突起,短期内售罄,同时,也拉开了普润战略挺进无锡的序幕。

善于学习但不盲从,是普润成功的重要原因之一。王德生一直认为,对香港和台湾公司,经验要借鉴,但还应该有自己的思考。他举了一个例子,外销房和内销房尚未并轨时,有些外销房转成内销房,销售火了。一香港公司代理某外销房,也有样学样,转成内销房,却仍然卖不动。王德生接手后,发现很多客户买得起房子,但觉得4元/平方米/月的物业费太贵,于是动了个小脑筋,每套加了5 000元,但免掉客户前两年的物业费,两年后再改选物业公司。于是销售火了,一个月卖掉40多套。

"对接项目,我有一个原则,有把握才接,没把握不接。"凭借稳健的发展态势和良好的业绩,普润地产先后蝉联六届"中国房地产策划代理百强公司(华东TOP10)"、五届上海市房地产营销代理公司"金桥奖"等行业殊荣,同时也形成了普润特有的公司文化。

其谋:要打造全国版图

普润立足上海本土业务,足迹曾深入呼和浩特、乌鲁木齐、南宁、青岛、南京、宁波、无锡、南通、马鞍山等大中城市,逐步形成了全国各地互动型的营销体系。同时,通过与上房置换的资源共享,可享用百余家的中介门店资源,在全市范围内铺设了一张面向高、中、低端客户,重要区域全覆盖的房地产流通渠道网络。此外,普润还与境外公司进行战略合作,进一步增强客源渠道。

普润目标是做全过程、全方位的中国房地产综合服务供应商,打造全国版图。王德生强调理性扩张,一个是在区域上,确立分公司模式;另外一个是业态上,强化商业运作。

"作为金丰流通板块的成员之一,普润会在整个流通板块资源整合的战略部署中,做强做大,在已有外地分公司和商业营运中心的基础上,积极进军外地市场和商业地产。"王德生丝毫不掩饰普润谋划全国版图的决心。

他相信,公司有独特的资本优势、产业链优势和执行力优势。资本优势:依托集团强大的资本支持,公司可提供整盘收购、整盘包销、风险代理等更灵活的商务合作模式。产业链优势:依托对上海地产集团、鹏欣集团、金丰投资、上房置换等关联公司及外部战略资源的优势整合,公司为客户提供全过程、全方位的产业链支持。执行力优势:通过多渠道整合,高效率行销、规范化服务，公司以"没有任何借口"的强势执行力为每个项目保驾护航。

王德生表示，当前地产集团旗下的两大上市公司中华公司、金丰投资正在整合重组，重组对于普润而言，将是一大机遇，届时丰富的项目储备，将带领普润跨入新的发展征程。

（张之花）

以诚立业　为爱筑家

——访上海北孚房产营销代理有限公司执行董事总经理周翼

【题记】

　　随着全国化战略的逐步开展，北孚营销的版图已经拓展到全国多个省市，下设上海事业中心及江苏、安徽、山东等事业部。成立14年以来，北孚营销累计代理项目150个，销售面积超过1 000万平方米。凭借2009年度在全国各区域取得的优异业绩，北孚营销第七次获得"金桥奖"。"以诚立业，为爱筑家"的企业使命，使北孚的事业跨上一个新台阶。

核心实力——高效反应，珍视品牌

　　北孚有一条规定，一个质询在24小时内没有答复，就视作同意。200万元的项目保证金，两天就能确定，一周就能汇款。这样的反应速度是多数国有企业难以企及的，甚至连一些外资企业都很难望其项背。

　　短、平、快的决策链，是基于北孚高度信任、高度担当的企业文化。北孚集团董事长秦少秋曾说："流程是为了提升业务的执行能力，而不是限制。"北孚的工作流程趋于简化，全都通过网络OA管理平台来完成。决策不是由老板一个人做出的，每位负责人都要随时随地对自己职能范围内的一摊业务进行决策，并对企业的决策做出快速反应。

北孚看重团队合作能力,而非个人英雄主义。以经营班子为核心,整个团队的凝聚力、协作力、执行力相当强。这大大提高了运营效率,为前线的商战争取到宝贵的时间,这是北孚营销制胜的法宝。

比高效更令同行佩服的,是北孚对品牌的坚守。商业竞争中,赢利理所当然地成为企业的最高目标。然而,每当赢利和品牌产生矛盾时,北孚都义无反顾地选择了品牌。对北孚来说,品牌是持续赢利的根本,有损品牌的项目,坚决不要。

北孚是上海老牌的营销代理公司,在上海房地产业界名气响当当。但走出上海洽谈合作的时候,很多企业还是第一次听说"北孚"的名字。这时,品牌是唯一能够快速赢得客户信任的灵药。曾七次获得的行业最高荣誉"金桥奖",为北孚外拓增添了企业诚信的美誉度。北孚的获奖经历,以及办公区域内陈列的奖杯、奖状,塑造了诚信、协作、共赢、担当的良好形象,夯实了北孚向全国拓展的基础。

创立于 1996 年的上海北孚营销,已经走过 14 年风雨历程。自 2008 年率先提出全程地产服务理念至今,业务已经覆盖土地研究、房地产评估、项目策划、广告企划、销售代理、信息服务、商业管理、物业管理、房地产企业品牌策划等领域。2010 年,北孚将核心竞争力定位为房地产全程战略合作伙伴。在打造核心竞争力的过程中,不仅逐渐形成了高效反应、珍视品牌的北孚特色,丰富了"以诚立业、为爱筑家"的企业使命,更铸就了诚信、专业的翘楚风范。

战略布局——走出上海,开拓全国

2007 年至 2008 年间,上海房地产市场风云变幻,随着行业集中度和竞争力的提高,上海房地产营销代理行业从"春秋"走向"战国",竞争的优势向处于行业第一、二位的企业靠拢,致使中端企业与行业龙头之间的竞争趋于白热。

在这种情况下,北孚陷入思考,是留在上海水火不容的环境中继续拼杀,还是走出去开辟新天地。结果,北孚决定不放弃上海这个战略要地,保证上海每年 2—3 个项目,同时将主战场转移到上海以外。没想到,当时的无奈之举,竟成妙招。如今,80% 的"金桥奖"单位都已经"走出去"开拓全国大市场,北孚走在了这个行列的前面。

从 2009 年底开始,北孚秉承"农村包围城市"的战略思维,重点精耕三、四线城市,兼顾人口规模和资金产业比较完善的五线城市。如今,北孚已成功设立了江苏、安徽、山东等事业部,将触角伸向全国。

北孚营销执行董事兼总经理周翼认为:"在中国,经济区域发展不平衡的问题突出,苏北比苏南至少落后 15—20 年。国家的政策在向中西部地区倾斜,鼓励发展环渤海、新疆新经济、海洋经济等。北孚希望介入的,是有国家扶持、有发展后劲的省市地区,尤其看好中部发展。现在,北孚正在开拓的区域包括河南、青海等地的市场。"

随着战略触角逐渐延伸到三、四线城市,为了更好地立足和发展,北孚营销也在不断寻求业务新领域的突破。经过不懈摸索,北孚已然寻觅到一片事业的"蓝海",将新农业地产和新工业地产,定为自己主攻的方向,并已付诸行动。目前,江苏昆山、山东文登等地的新农业、新工业地产项目都在有条不紊地运作着。

信息服务——"所"定胜券,"网"聚能量

一"所"一"网",即北孚地产研究所和地产资讯网,是北孚科研实力的最佳体现,也是北孚全国战略的侦察部队。

2005 年 7 月,北孚地产研究所挂牌成立。研究所是由上海北孚发起并整合上海市土地学会学术部、华东师范大学东方房地产学院、上海市经济学会城建专业委员会等高端资源而成立,由中国房地产界知名专家领衔,专注于土地利用研究、项目投资决策等领域,是一所具有较强实力的产学研一体化专业研究机构。成立五年以来,该所充分发挥了先导科研作用,持续为客户提供地产信息及投资咨询服务。

《上海北孚地价指数》是北孚地产研究所的重要研究成果之一,该指数涵盖了住宅用地、商业用地、办公用地及综合地价指数,客观反映了各区域及各土地级别平均楼板价每季度的变动态势,为政府调控土地市场、企业市场研判与项目分析及土地估价等工作提供有效参考,是业内公认的三大权威指数之一,填补了业内房地产指数的空白。

地产资讯网(www.dcw.com.cn)以投资咨询服务为核心,围绕土地一级市场,提供招商代理、区域规划、市场研究等服务,为政府及企业构建一个具有集聚效应、便捷顺畅的互动平台。

有了一"所"一"网"的科研实力做后盾,北孚在全国选址布点的行动有如神助。同时,一"所"一"网"还有效地服务于开发商的前期决策,为终端客

以诚立业 为爱筑家

户提供消费指南,成为北孚全程营销服务中的重要一环。

扎实执行——怀大战略,赢小目标

北孚 2010 年—2014 年的五年战略规划中提到,在实现利润逐年稳步上升的基础上成功上市。怀揣远大目标的北孚,落实全国战略的过程却显得格外稳健。现在,除了每年在上海代理的 2—3 个项目及合作外,北孚计划每年新开拓两个省,每个省选择 4—5 个区域。在每个重点城市建立事业部,辐射周围区域。意在实现全国战略与阶段目标的有机结合。

每介入一个区域之前,北孚会借助地产研究所的科研力量,先分析哪个区域发展比较平稳,哪个区域正处于成长阶段,哪里是价值的洼地。2009 年,北孚成立了安徽事业部。经过前期对全国房地产市场的深入研究,北孚发现,合肥的房价处在一个快速稳步的上升阶段,介入的机会成本是相当低的。从成交量比较,2008 年整个上海的成交量是 990 万平方米,2009 年安徽成交量 1 000 万平方米,相对安徽的人口总量来说,相当可观。单一个合肥市,2010 年 1—3 月成交 300 万平方米,均价在 6 000 元/平方米左右,比杭州、南京便宜很多。当地政策也鼓励购房,比如,买合肥房子就能办合肥户口,吸引了大量投资客入市。

经过详尽的调查研究、周密策划与不懈努力,安徽事业部首战告捷。2010 年上半年,仅安徽一省之内,北孚接手 7 个项目,总销面积达到 40 万平方米,可预计销售额将达到 20 亿元。安徽事业部的成功使北孚信心大增,接下来,发展的步子迈得更大了。2010 年初,北孚江苏事业部应运而生,总部设在花桥。成立至今,江苏事业部已经接了两个项目,总面积约 18 万平方米,预计销售额 12 亿元。上半年,北孚还与山东省某国有房地产集团成立战略合作公司并设立了山东事业部,立足青岛,辐射济南、东营、潍坊等山东全境。此外,北孚还计划在甘肃、青海设立事业部,统御西北;以湖北武汉、湖南长沙为落脚点,逐鹿中原。

到外地拓展,有喜也有忧,最怕的是当地开发商不守信。为了避免这种情况的发生,北孚将当地的异地开发商作为主要的合作伙伴;主动联合当地政府和开发商,共同承接项目;回避一些诚信记录差的企业,尽可能将风险降到最低。

柔性管理——统一文化，分散经营

目前，北孚已确定并发展了地方事业部模式，为每个外地事业部配置了齐备的功能，建立了策划、研展、人力资源、综合管理等所有部门，增强了事业部的独立运营能力。

北孚还于 2008 年适时启动了企业文化品牌的建设，确立了"以诚立业，为爱筑家"的企业使命，以及"敬天爱人、自强不息"的核心价值观，在本部与事业部之间建立了一条牢固的文化纽带，以柔性的管理理念，将众多事业部紧密地团结在总部周围。北孚的新员工在入职培训第一天，就从培训现场准备的咖啡、点心中，感受到尊重和信任，还没上课，就看到了北孚以人为本、贴心服务、用爱传播的企业文化。北孚的精神正是在这种点滴小事中凝结而成，北孚的事业也在强大精神和文化力量的感召下，聚沙成塔，不断超越。

（佟继萍）

以诚立业　为爱筑家

永远奔跑的国企
——访上海新长宁房产销售有限公司总经理吴剑军

【题记】

　　"新长宁"是上海西区房地产业界一块响当当的金字招牌,开发销售了大量优质住宅项目。园林天下、天山华庭、天山怡景苑等优质楼盘,不仅让大量长宁区的居民趋之若鹜,还吸引来不少外区居民安家落户。2010 年,隶属于"新长宁"集团的上海新长宁房产销售公司再度喜获金桥奖。作为营销代理二十强中屈指可数的国有企业,让我们走近"新长宁",感受一下它的"国企力量"。

　　上海新长宁房产销售公司的总经理吴剑军打从工作开始,就一直和房子打交道,这一晃,已近 30 年。

　　从 1981 年进入房管所,从事公房交换开始,到 2010 年成为新长宁房产

销售公司的总经理,吴剑军一路看着上海的房地产市场打破计划经济走向繁荣活跃的市场运营;看着上海市民从人均住房面积 2 平方米改善到今天的 34 平方米;看着房价起起落落,市场云谲波诡,历经了多次宏观调控的洗礼。可以说,他是上海房地产市场的参与者、见证者与观察者。

　　初见吴剑军,第一印象是"硬"!除了五官的硬朗外,还有种"冷峻"的硬汉气质,尤其是其挺拔的身板,颇有军人气息,让人印象深刻。等到坐下来,打开话匣子,他的坦率和

热诚又彻底融解了外在的"冷硬",时不时爆发出的爽朗笑声,一下子让有些冷清的会议室也"热乎"起来。

企业魂:坚持走市场化之路

话题从"新长宁"的历史讲起。1993 年,处于业务发展需要,上海房地产50 强企业上海新长宁(集团)有限公司与上海市长宁区房地产交易中心共同组建了上海新长宁房产销售公司,业务涉及一级市场土地开发、二级市场销售代理与策划以及三级市场的二手房经纪及商业招商。新长宁房产销售有限公司先后代理了兆丰嘉园、新时空国际商务广场、虹桥怡景苑、新华豪庭、园林天下等多个大型楼盘。

作为"新长宁"集团下属的子公司,背靠上海房地产 50 强的集团优势,新长宁销售公司先天条件非常优越,可以说是"赢在起跑线上"。但是新长宁销售公司并没有"等靠要",而是主动出击,不断开拓社会资源。用吴剑军的话来说:"我们的原则是'依靠不依赖',我们可以依靠集团,但是不能依赖集团要饭吃。过度依赖就会脱离市场,企业就没有生存机会,没有可持续发展的可能性。我们定位是企业,以盈利为目的,要谋求发展。因此我们在服务好集团项目的前提下,尽可能多地承接社会上的楼盘项目。我们定位是市场化运作,居安思危,让企业有更好的生存发展空间。只有接触市场,路才能越走越宽。否则'武功要废掉了',所以要两条腿走路。企业自身也要有造血功能。"

正是在这一思路的指导下,新长宁销售公司在服务好集团项目的前提下,主动开拓市场,修炼武功。一度新长宁销售公司代理的社会楼盘和集团自己开发的项目各占半壁江山。这正是新长宁在市场上"拼抢"的结果。

新长宁的市场化之路还体现在帮助客户解决麻烦的态度上。"'麻烦处'可能就是生财处。"

新长宁房产销售公司的"司标"很有意思,由两个相扣的绳结组成。这一司标暗合了公司"解结生财"的经营理念,相扣的绳结代表困难,图形中心的方孔结合两个圆形形似钱币,代表了财富,意喻公司唯有站在客户的角度,想客户所想,急客户所急,用自己真诚的努力和精湛的专业技术为客户解决难题,才能在竞争中立于不败之地,从而为自身带来长远的发展,体现了公司与客户"互动、双赢"的关系。

吴剑军说,我们公司是中介服务企业,我们提供社会产品就是专业服务——买卖房屋。我们的专业就是房地产中介，为房地产交易双方服务，替开发商解开卖房"结"，使产品流动起来；替购买客户解开买房"结"，让他们买到称心如意的房子。在这一过程中，我们企业才能获利，职工才能有薪水。

新长宁的市场化之路还体现在"财商"上。高"财商"让新长宁牢牢抓住市场机遇，以 300 万元启动资金收购了中山西路某项目，改造包装后，最终以 3 000 万元售出。成功的资本运作，良好的行业信誉，加上敏锐的市场嗅觉，让新长宁与多家融资机构建立起良好的融资渠道，为企业的中长期发展打下了良好的"财源"基础。

社会根：平衡责任与利润

追逐利润是企业的根本属性，但对于国企来说，除了逐利性，还承担着一份社会责任。作为国有企业的领导，如何把握两者间的平衡也是一门艺术。

自 2008 年开始，上海新长宁房产销售公司代理天山华庭、天山怡景苑两个楼盘。这两个楼盘以其优越的地理位置、便捷的轨道交通、出色的建筑品质成为当年购房者竞相追逐购买的标志性楼盘。如何真正做到公平、公正、公开，避免黄牛炒作和哄抬价格，让真正有购房需求的老百姓买到想要的房子，成为公司领导层最关心的问题。

几经商议，新长宁房产销售公司在上海率先实行实名制、购房者必须首付 30% 房款的开盘方式。这一做法有效杜绝了炒房号、哄抬价格的恶劣行为。同时，在开盘过程中，新长宁广邀媒体，并接受市交易中心的监督，将开盘的每个过程公之于众，力求"透明化"开盘。尽管开盘首日成交 300 余套，却是当时撤销率最低的楼盘。

市场一片红火的时候，企业要操心的是如何解决炒房，满足购房者需求；而市场低迷的时候，企业要操心的却是如何高效卖房，开发消费者需求。

2008 年底，金融危机的来临让上海整个房地产市场跌入谷底。如何让天山华庭、天山怡景苑这对"姊妹花"风风光光嫁得好人家，成了最重要的思考题。天山华庭和天山怡景苑毗邻而居，市场好的时候都不愁卖，低谷时却要考虑到两个楼盘有可能存在"竞争"。如何让这两姊妹同台唱戏却又不"抢戏"，各有各的精彩？

新长宁打了个时间差,将两个楼盘的开盘时间错开近1个月,同时将两个项目的宣传定位进行了精准的区分:将天山华庭定位为"小户型＋地铁房",而将天山怡景苑定位为"河滨景观房",来满足不同客户的需求。在一期开盘"开门红",创造了良好口碑的情况下,积极开展口碑营销策略:通过举办老客户联谊会,老客户介绍新客户有奖等一系列促销,让老客户成为项目的荣誉促销员。

一系列"综合营销"手段,让这两个项目在当时上海众多楼盘"零成交"的情况下,实现日成交60多套的佳绩,一下子成为上海滩家喻户晓的热门楼盘。2008年、2009年两项目连续被评为当年销售50强。

家人情:以情带队共建诚信

富有人情味是国有企业的一大特色,这一点在新长宁体现得特别明显。浓浓的人情味儿,让这支仅有60余人的队伍形成了强大的凝聚力、战斗力、学习力和创新力。

走进新长宁房产销售有限公司的会议室,各式各样的奖杯、奖牌让人眼花缭乱,也让简朴的会议室满室生辉。"先进党支部"、"长宁区三八红旗集体"、"先进基层党组织"、"职工之家"……其中"上海市学习型团队"的荣誉格外引人注目。

吴剑军说,"企业生存关键在于人才。"因此新长宁鼓励员工不断自我提高,努力"充电",不仅是口头上的鼓励,还有物质上的支持。但凡考出经纪人证书、估价师证书等专业资格证书的员工,乃至专升本的员工,都有现金奖励。所有的考试和培训费用公司报销。这已经形成了公司的一项制度。目前,新长宁拥有多名全国房地产经纪人、注册房地产估价师及概预算工程师。这大大提高了公司的战斗力和创新力。

都说房地产营销代理公司是人的行业,只有员工素质不断提高,公司的可持续发展的步子才会越迈越大,路才会越走越远。

"诚信是国有企业的品牌基石。"除了重视人才资源的培养,新长宁还致力于诚信品牌的打造。新长宁结合自身发展特点,加强培训,塑造企业形象,培育企业精神,做到坚持把思想政治工作与员工队伍建设相结合,凝聚力工程建设和企业文化建设相结合。

在鼓励员工学习,建设学习型团队的同时。新长宁发挥国企优势,利用"党政工团"战线进行诚信建设。多年的销售代理过程中,新长宁始终坚持不炒卖，公开售楼信息，先后荣获"金桥奖"、"重合同守信用单位"、"上海市文明单位"等多项殊荣。树立公平交易、专业代理的行业形象，也赢得了业内外的良好口碑。

入行 17 年，对于新长宁来说是不断奔跑，努力创新的 17 年。新长宁人信奉"奔跑理论"。在上海新长宁房产销售有限公司的《员工行为规范手册》里，记录了这样一个故事：在非洲，每天早晨，每只羚羊醒来都要努力奔跑，不能成为最慢的一个，否则就会被吃掉；而每只狮子醒来后也要努力奔跑，追上最慢的羚羊，否则就会被饿死。"不管是狮子还是羚羊，太阳出来的时候，快快奔跑莫迟疑。"

奔跑中的新长宁，显现了强大的"国企力量"。2009 年，新长宁年销售面积超过 20 万平方米，年销售额突破 40 亿元，经营业绩保持着快速增长势头。除了营销代理业务，新长宁还涉足开发领域和办公楼销售代理领域。新长宁与其他投资商合作，在江苏省千灯镇投拍了 5 万平方米的土地进行纯别墅开发，"大唐奥斯汀"项目的前两期产品一经上市即受到购房者欢迎，现已售罄。年底三期联排别墅即将上市。不久的将来，临空经济园区的办公楼销售代理又将见到新长宁奔跑的身影。

（田苗苗）

真诚做人　执着做事

——访上海三湘房地产经纪有限公司董事长张涛

【题记】

　　张涛给人的印象是执着。自从 2003 年清华大学 MBA 毕业后，张涛从金融行业转而投身房地产，在三湘一待就是 7 年。他喜欢将问题研究得很深，一般人问不倒他。生活中的张涛还是一位马拉松健将和徒步攀登爱好者。执着的追求和过人的毅力，让他和三湘经纪在房地产的赛道上越跑越远。

靠大树不愿乘凉

　　作为三湘股份的副总，张涛分管市场营销与广告策划、物业管理及行政人事三大块内容。说起三湘，张涛如数家珍。

　　谈到三湘经纪公司的发展模式，张涛先将国内众多优秀的同行梳理了一番。中国的房地产营销代理企业大致有三种发展模式。第一类以易居、中原、同策为代表，它们作为中国房地产营销代理业的领军企业，专业化程度高，并较早完成了在全国范围内的战略布局，掌握了大部分市场资源，抵抗市场风险能力较强。第二类以策源为代表，与独立的房地产代理企业不同，策源是复星集团子公司，为集团开发项目从事销售服务的同时，兼顾外部业务，两手抓，两手硬，也实现了做

大和做强。第三类,是以锦和、赢佳、三湘为代表的中小规模营销代理企业,与前两类巨无霸企业不同,这些企业多是单一体制、单一股份,在发展中往往受到很大的限制。

三湘经纪与策源机构有一点类似,也背靠一棵大树,那就是母公司——上海三湘股份有限公司。上海三湘股份有限公司成立于 2007 年 9 月 28 日,是由原先的上海三湘(集团)有限公司整体改制而来。三湘股份是中国房地产的百强企业和上海市房地产 50 强企业,在上海不算最大,属于中大型房地产企业。在房地产业链条上,除设计院之外,三湘均有涉足。集团以房地产业为核心,集建筑安装、建材加工、装饰设计、房产经纪、物业管理于一体。拥有地产开发、物业服务、装饰施工三个国家一级资质。上海三湘股份有限公司的品牌更是被认定为"上海市著名商标"。母公司的开发项目遍布上海、深圳、北京、湖南、广东等地,2009 年上海地区总销售金额达 30 亿—40 亿元,深圳地区总销售金额也达 30 多亿元,预计 2010 年销售情况与去年基本持平。

三湘经纪公司虽然背靠大树,却自力更生,不断尝试和探索,丝毫没有乘凉的感觉。在多年的市场历练中,三湘经纪公司积累了丰富的市场运作经验,掌握了高超的实际超盘能力。长期以来,与多家知名房地产企业及全国优势媒体报纸结为紧密型战略合作关系,为三湘花苑、三湘芙蓉花苑、三湘盛世花园、三湘花园、三湘雅苑、三湘世纪花城、三湘商业广场、三湘四季花城、三湘七星府邸、深圳三湘海尚、祥腾国际广场、华东食品城、香格里拉城市花园、美易家广场、上海国际公益设计中心等住宅、别墅、商铺、产权酒店、5A 办公楼和综合型商业及生活社区实行全程代理、招商等服务,销售面积逾百万平方米,以独特的营销理念和销售模式,创造了一系列房地产营销的成功典范。

卖一手兼顾二手

房地产市场经常变化莫测,一手房和二手房的销售有时像翘翘板,一手火爆的时候,二手没精打采;二手热闹的时候,一手举步维艰。所以,一二手联动应运而生,两块业务互为补充,摊薄了经营的风险,培育了新的经济增长点,受到众多企业的青睐。

三湘经纪很早就认识到一二手联动的好处。依靠自己的开发公司,如果市场好,业绩一定很好,这是三湘经纪的优势。但市场不好,或自家开发的项目都卖完了,销售团队做什么?经过深思熟虑,三湘经纪决定,在不断强化一手房销售主业的同时,尝试开出二手房门店,并在未来条件允许的情况下,扩大二手门店的规模。

虽然三湘经纪的二手门店目前只有一家,但已经发挥了巨大的作用。一是能养人,有利于稳定队伍。公司一手房销售部门有大量销售员,在一手房销售的淡季,没有项目可卖的时候,人员可以转移到二手房门店去。当开发量比较大的时候,这些销售人员又可以从二手门店回到一手房销售部,实现人员的互相调剂;二是能学习武功,有利于历练队伍。二手房销售难度远远大于一手房。二手房门店的销售人员在实战中历练了较强的谈判技巧和沟通技巧。销售员兼具一二手房销售经验,业务知识全面,往往能够成为客户的"置业顾问和理财帮手"。多年实践证明,三湘经纪销售团队的一批骨干力量都是从二手房门店中锻炼出来的。

三湘经纪在销售团队的管理上也有一套办法。他们分工明确,各司其职,每个人都是自己岗位上的专家,无数个专家组成了一条高效的客户服务流水线。销售人员只做前期的产品介绍。客服部为客户提供签约后的服务。销售员的选拔也设计了竞争机制,优中选优。内部竞聘时,大家一起比赛讲产品,胜出者方能上岗。

三湘经纪不断提升的服务水准,在消费者心中树立了口碑。一些消费者认准了三湘的品牌,从杨浦的项目跟到松江项目,从松江项目跟到宝山的项目,与销售员成了朋友。

会卖楼又懂开发

三湘经纪的第一要务是为本集团开发的项目提供全程服务。从拿地开始,经纪公司就开始介入了,选业态、定房型、定价格……都参与其中,久而久之,练就了一身全程代理的本领。

近年,三湘集团提出走"精品路线",经纪公司就要配合"升级服务"。张涛介绍,三湘地产先后尝试了几个高端项目并获得了成功。在深圳打造的三湘海尚项目,成为深圳标杆性的低碳科技楼盘,虽然开出每平方米 5 万元的相对高价,依然受到当地购房者的热情追捧。位于上海宝山的三湘海尚,是 2010 年三湘股份着力打造的上海一流国际智能生态居住区。这个项目以生态和科技住宅为主要特征。别墅采用了"地源热泵"、"毛细管辐射空调"等技术,实现衡温、衡湿、衡氧的效果,使室内温度始终保持在人体舒适范围内，四季如春，节能环保；在高层公寓中采用"低温热水地面辐射采暖系统"、"太阳能与建筑一体化系统"等数十项节能技术集成化应用。尽管区域位置与深圳三湘海尚不可比，但产品的打造则完全是它的"升级版"，增加了精装修，装修材料都从德国原产地进口。为此，三湘还专门在德国设立了办事处，负责装修材料的采购。

张涛说："对于三湘海尚这类产品的介绍，我们自己的销售团队优势很明显。我们的销售员对公司将高新科技应用于住宅产品的发展过程了如指掌。2009 年他们刚刚成功完成了深圳三湘海尚项目的销售，2010 年再做上海的同类项目，就容易很多。"

与兄弟企业三湘开发公司的长期密切合作，使三湘经纪公司丰富了全程代理的经验，不仅会卖楼，更懂得开发的理念与品质，善于与开发商很好地结合，实现项目价值的最大化。我们走出去承接外面的项目，也显得游刃有余。

到外面承接项目的时候，开发商总是希望经纪公司派出最优秀的销售团队、提供最好的服务。三湘经纪的做法是，集中优势兵力，全力以赴。这种专注的态度取得的效果往往出人意料。有时，三湘团队的销售业绩比一些专业经纪公司的销售业绩还要好。

张涛说："未来市场形势不明朗，消费者的心理预期较高，市场推广的难度将加大。这时候，专业销售团队将有更大的施展空间。我们将顺应大势，不断开拓新市场。2010 年，我们尝试了工业园区的招商代理。下一步，三湘经纪公司要重点考虑怎样走出去，怎样兼顾内部项目与外部业务的关系，怎样分配人员，怎样吸引高素质人才，打造有一定竞争力的专业团队。"

留住人更留下心

房地产经纪行业主要靠人，而销售工作的性质，又决定了行业的人员流动大。招到人、留住人是一个经纪公司管理者必须深入思考的问题。

三湘经纪公司 50 人的销售团队中，半数以上在三湘工作 3 年以上，相对稳定，但另一半流动性较大。对此，张涛认为："流动不怕，骨干员工要稳定，在此基础上，每年有个 20％—30％ 的流动是正常的。"

三湘招人，要求勤奋、用心做事、有责任心并懂得感恩。三湘留人，则是待遇留人、事业留人、感情留人、文化留人，多管齐下。

在薪酬方面，三湘做到了两个公平，相对外部市场的公平和内部分配的公平。公司福利待遇有点像国有企业,内部员工购房有补贴,公司提供免费的职工宿舍,还有定期的免费培训。

三湘喜欢从内部提拔干部,员工上升空间较大。很多副总、案场经理都是从业务员一步步走上领导岗位的。

张涛认为,良好的工作氛围有时胜过高薪。如果氛围不好,与同事配合不好,工作压力也大,同等薪酬的情况下也会离开。三湘的氛围是以人为本,奖多罚少。三湘关注员工身心健康,还会定期举办一些羽毛球、乒乓球之类的体育比赛和文化娱乐活动,用丰富多彩的活动润滑人与人之间的关系。采访中,我们巧遇了公司的"广播操"时间,看到三三两两的员工在广播操音乐伴奏声中,站起身离开电脑,开始活动身体,舒展筋骨。短短三分钟,便让人真切感受到了企业的亲和与活力。

生活中的张涛是一位马拉松健将和徒步攀登爱好者,曾多次参加北京马拉松全程比赛、上海东方明珠的徒步攀爬活动。凭借执著的追求和过人的毅力,他和三湘经纪一定会在房地产的赛道上越跑越远。

(佟继萍)

真诚做人　执着做事

学者型的优秀企业家
——访上海开启房地产投资咨询有限公司总经理陈艾立

【题记】

俗话说"秀才经商，赔个精光"。这句话用在陈艾立身上却正相反。出自"清华世家"的陈艾立，"饱读圣贤书"，弃教从商，先是做科技企业，后又做房产企业，如今公司品牌价值已有 4.54 亿元。深厚的学术背景，成功的房产事业，被人们誉为"上海房地产界学院派的代表人物"。

出身清华世家

1966 年出生的陈艾立，成长在北京典型的书香世家。外公解放前在清华当政治系主任，父亲是清华博士生导师，母亲也是清华老师，陈艾立说自己一直有教师情结。

1988 年他毕业于上海交通大学，后留校任教。1992 年初，还在上海交通大学任教的陈艾立带领若干研究生创办上海最早的学院派企业——开启科技，进入保健品领域，成为上海当时最著名的营养品营销推广机构之一。1995 年，注册成立上海天启企业策划有限公司；1999 年，注册成立上海开启房地产投资咨询有限公司，所谓"开启"，就是"启发未来开启成功"的意思。

由于比较自信，并且有教师情结，陈艾立最初下海时并没有放弃教师职业，一边经商，一边教书。后来为了"六根清净",就彻底下了海。说到下海,因全家均出自书香门第,经商对家族而言是叛逆,为此下海之后若干年间一直瞒着父亲。

经过18年的发展,如今天启&开启已是中国极富知名度和影响力的专业房地产服务机构,以"覆盖广度、专业深度、创新力度、整合适度"著称于业界。而在商海里摸爬滚打十几年的陈艾立,仍然没有洗脱骨子里知识分子的本性。追求智慧激荡的快感,成为创造历史的英雄,始终是他所追逐的生命意义。渊博的学识、卓越的思辨,使他的每一个观点、每一段表述,都充满了跨越时空的历史感和穿透力。

城市营造理论

胡适有句治学名言:"大胆假设,小心求证",天启&开启也讲究"大胆假设,积极求证"。

陈艾立擅长操作地产大盘,喜欢在项目开发中参与营造城市、创造价值的感觉。凭借十几年的房产经验,他独创性地提出以城市营造论为中心的"一、二、三、四、六"法则:"一"是以城市营造论为核心;"二"是以泛地产规划、复合型成长社区为支点;"三"是将房地产项目的运作分为三个阶段:价值构造、3+1规划和整合营销;"四"是提炼出对房地产项目运作起关键作用的四种成长模式——企业模式、盈利模式、开发模式、产品模式;"六"是归纳出六种有效的行销策略,开盘期"强打快攻"、定位上"三点一线"、产品上"价值构筑"、预认购期"蓄势待发"、传播上"文武双作"、强销期"运动作战",指导不同地产项目的实际运作。

当记者问到为什么法则中缺了个"五",陈艾立坦陈,实事求是,没有也不要硬凑。"我一直反对叫城市运营,而是叫城市营造,城市运营,忽悠的感觉更多。"

凭借这套成功的法则,陈艾立让他的同行们见识到知识的力量:中远两湾城开盘两个月销售1 000多套,二期以母子品牌成功登陆市场,并连续两年在上海商品住宅销售榜排名第一;陆家嘴花园,以"唯一的陆家嘴"为主题,策划举办了"下个世纪我的家"大型公关活动,成功塑造了唯一性营销典范。

其他还有,仁恒滨江园,定位"东外滩1998"大气磅礴,以历史印证未来;联洋花园,全新CLD(中央生活区)准确定位,成功奠定了浦东中央公园的明星楼盘;锦绣江南,以"好一个锦绣江南"、"非常中国、非常国际"的概念传播以及营销手段的创新,在 2001 年成为上海楼市热点,短短半年一期 14 万平方米一售而罄;静安枫景,连续两年成为静安区楼市冠军;静安豪景,2004 年度开盘,又成为上海地标式建筑。2010 年,远洋和平府销售 18 亿元,荣膺沈阳市单盘销售冠军;宁波雅戈尔·玺园 2010 年在市场调控后开盘,创造当日销售 10 亿元的佳绩。

陈艾立认为,开发商实际上是在做三件事:发现土地价值,实现土地价值,实现土地增值。他还创造了"引擎理论":一座城市的房地产发展与这座城市的经济发展一脉相承。城市不是靠包装和概念来炒作的,经济是地产的引擎,如果不把经济基础做好,而是做很多莫名其妙的营销,什么城市名片,什么城市客厅,就太虚假了,太过了。

善于创造市场

陈艾立经常说,大盘,特别是外环大盘,开发周期经常达七八年,这么长的周期,该怎么做呢?要大胆地做成长市场,要创造市场,时间长的项目要经历几次市场变化,同时客群也会发生改变。

"2003 年左右做上海市中心一个项目,在当时的市场形势下,为了控制总价,房型做得小一点,大了的话谁买得起?但是你看现在,市中心都是 150 平方米的房子,谁还住 80 平方米的?所以说基础市场、成长市场、创造市场这三个问题,对大盘营销是非常重要的。"

在这些特色理论的指导下,天启 & 开启屡创销售奇迹。2008 年,北京中信城 7 月 26 日开盘,创造 7 天 7 亿元的奇迹,成为 7—9 月份全北京销售金额冠军和销售面积冠军。中信城是北京二环内稀缺的百万平方米建筑综合体,离天安门广场直线距离约 1 000 米,坐拥地铁 4 号线、7 号线。天启 & 开启提出"内城中央生活区"的精准定位,"昔时皇城名巷,未来内城 CLD(中央生活区)"。

嘉城,建筑面积 120 万平方米,位于上海北翼辅城嘉定。天启 & 开启以发展性的大盘规划观和前瞻性的城市营造观,将其营造成一个以水系为线的全新岛居生活,以人为本,以水为魂,以城为景,打造一座理想的生活之城。项目一期的联排组团,以世外桃源的规划概念和睿智大雅的品牌形象,在上海联排市场上独树一帜,销售火爆。

夏朵小城,由上海农工商房地产(集团)和鸿丰房地产联手打造。天启 & 开启将项目定位为住宅为主,辅以配套商业和生活设施的综合生活小区,在风格上借鉴法国小镇的浓郁风情,创造上海西南部的"活力之城"。

全程作战能力

随着打拼日久,他逐渐不满足于策划领域的成功,通过引进人才、并购企业、扩大架构等,使公司具备全程作战的能力。如今,已形成独具特色的房地产服务共同体,拥有自己的战略研究院、规划设计公司、营销推广机构、品牌传媒部门和销售代理机构,提供包括城市发展顾问、建筑规划、投资咨询、广告创意、传媒咨询、设计制作、销售代理等全程专业服务,可以为不同物业提供全程、全域、全员服务。

当别人还局限于上海、北京等一线城市的时候,陈艾立已将目光瞄准二三线城市。他认为,大都市的旧城改造、人口聚集在若干年里有了相当发展,更多的二三线城市,正在由"似城非城"状态向城市化集约转变,那里便是下一个机会点。

18年来,天启 & 开启网络延伸到全国范围内,以上海为中心,覆盖了长三角、珠三角、环渤海三大都市经济圈及全国其他区域 30 个大中城市,为中信、中海、金地、绿地、中远、上海城投、上海农工商、新加坡吉宝、远洋、雅戈尔、陆家嘴、金桥、顺驰等 120 余家开发商 300 多个楼盘,提供全程智力服务和营销代理服务。"我们强调与企业的战略合作,不求项目多,不求客户多,但求客户大,客户长。"

如今天启 & 开启已拥有一支全程运作的服务共同体平台,一套独创的房地产全程运作战略体系,一个在全国都市圈逐步形成的组织网络,一些在各地都有代表性的项目和业绩,一支具有各种专业知识和实战经验的人才队伍组合。

陈艾立还主张"学以致用",推行事业部改革,提出"房地产服务共同体,整合咨询解决之道"的全新理念。

成为创新标杆

天启 & 开启获得过众多荣誉:连续八届获金桥奖。2004 年,中国房地产营销策划品牌企业、上海市房地产关注品牌、中国慈善排行榜入选企业。2005 年,中国房地产策划代理百强企业、中国房地产营销代理品牌企业 TOP10。2006 年,全国优秀房地产经纪机构。2007 年,中国房地产策划代

学者型的优秀企业家

理公司品牌价值 TOP10、中国房地产百强策划代理百强企业百强—区域 TOP10、2007 年度杰出贡献奖。2007—2008,中国地产 100 营销策划品牌价值十强企业。2008 年,中国房地产策划代理百强——华东区 TOP10,中国房地产策划代理百强——百强之星、中国房地产策划代理百强——区域 TOP10、2008 年度区域经济工作杰出奖、中国房地产策划代理百强企业前 50 强。

如今,天启 & 开启品牌价值 4.54 亿元。2009 年,公司销售额 150 亿元。陈艾立的最大愿望,是将公司打造成中国最优秀的房地产智力服务机构和全程代理机构之一,为客户提供有针对性和创造力的全面增值方案,为市民带来更加舒适和便利的居家方式,成为一个敢于承担责任的企业,并给员工公正、恰当、充分的回报,让员工成为有成就感并为社会所尊重的人。

"力求做到最优秀,但不敢说是最优秀的。现在的关键是做好自己的专业,力求做到三点:一是特色化,二是全国化,三是能够做领跑者或者说推动者。""行业到了现在的格局,有很大的蜕变和转化过程。时势造英雄,人不可能超越时代。现在的主旋律有两个:一是规模性扩张,二是不断上市,目前行业正沿着这两个方向在走。"

天启 & 开启不走寻常路,他们追求的是适度、合理的规模,不追求简单的最大规模。"保持合理的规模,做一个创新的标杆。"

陈艾立表示,现在很多房子都摈弃个性,追求规模效应。但土地是不可再生的,未来将更加关注技术、细分、个性。天启 & 开启未来最重要的是技术创新。

（张之花）

让不动产"动"起来

——访上海榕泰房地产营销策划有限公司董事长李少安

【题记】

　　榕泰营销策划有限公司以房地产开发起家并迅速成长之后，却不愿意躺在功劳簿上，在领导者李少安的带领下，踏上了探索新型旅游地产发展的新征程。李少安始终认为，成功的房地产企业应该从细分市场中找到自己的定位，通过创新思维开拓新市场、保持活力。

从营销代理到 C2C 酒店

　　上海榕泰营销策划有限公司成立于 1995 年，开发过彭浦板块的共和山水，代理销售过黄浦丽园、东淮海公寓、上海新凤城和黄浦众鑫城等上海知名楼盘。1998 年投资开发第一个楼盘时，就把外销房挑空概念引进多层项目，光是开发成本就需 2 200 元/平方米，而当时在宝山区共康板块附近的高层住宅售价才 2 200 元/平方米，但是榕泰开发的挑空概念多层公寓一推出就被抢空，均价 3 000 元/平方米以上。在开发上同样超前的还有，在大多数楼顶都还是光秃秃的平顶的 1998 年，大胆引入屋顶概念，房子进入销售阶段一个月就又卖光了。香港恒基原先在上海开发楼盘时，几乎不和本地企业合作。榕泰突出了楼盘物业服务优质和配备健身会所的特点，说服恒基把物业管理费从 6 元/平方米/月降

到 3 元/平方米/月，以及对业主免费开放网球场。别家公司一个月费劲全力才卖出去了两套，榕泰却卖出 30 多套。

不论是开发、还是营销代理，有着独特的创意是榕泰最鲜明的特点。在经历了开发、营销代理的成功之后，李少安没有满足于已经取得的成功，而是开始了新的探索。地产业、酒店管理旅游业、互联网业这三个本没有密切联系的行业，在李少安创造出的 C2C 房产模式下，绝妙地水乳交融。

李少安说，C2C 酒店最初的构想是从国外的分时度假概念里引申出来的。分时度假，就是把酒店或度假村的一间客房或一套公寓的使用权，以周为最小单位分成很多周的使用权，按 10—40 年甚至更长的期限，以会员制的方式一次性出售给客户，会员获得每年到酒店或度假村住宿 7 天的一种休闲度假方式；通过交换服务系统会员，把自己的客房使用权与其他会员异地客房使用权进行交换，以此实现低成本到各地旅游度假的目的。

分时度假自 20 世纪 60 年代问世于法国，在世界范围内得到迅速发展，成为风靡世界的休闲旅游度假方式。70 年代中期，美国经济衰退，泡沫经济造成大量房地产积压。为处理积压与空置，充分盘活闲置房产，美国从欧洲引入分时度假概念，取得了巨大成功。1977 年美国 95％以上的度假物业是由其他房地产开发项目改造过来的。

C2C 酒店借鉴了国外分时度假的理念，并根据中国的现实情况，如法律法规的不同和国内外的产权观念的差异，做了创新。李少安说，分时度假，消费者买的是使用权，而且是人工交换，而 C2C 酒店的业主买的是产权，榕泰还在这种新型模式中加入了互联网的力量。

创新把不动产变"动"产

李少安预测，2011 年开始各地的 C2C 酒店市场将开始持续增长。榕泰虽是 C2C 模式的创造者和先行者，但目前国内却已有至少 10 家公司正在效仿这种模式。

榕泰参与开发的黄山假日广场 C2C 酒店共有房间 1 000 余间。业主可以拥有一套房的产权，并共享系统内所有房源的使用。房屋的出租可以选择年租、日租，黄山的房子可以换到武夷山用，不用另付租金。自己不住的时候，也可以自主定价出租获利。针对极个别人恶意透支，通过网络管理也可以及时发现，堵住缺口。

C2C 是电子商务和房产相结合的产物。通过互联网，传统房产的时间和空间概念被颠覆：黄山房的业主在C2C系统中，入住上海的房子不用另付租金；今年用两间、三间甚至几十间，只要按照一定的标准，就能等值透支置换明年、后年的使用权。随着C2C酒店规模的发展壮大，借助电子商务平台的完善，时间和空间对房产的束缚已被打破。甚至通过这种住宿权置换，使用面积也可以根据需要扩大，要住几天、住几间都可以通过置换实现。比如一个50平方米房间两天的住宿权，可以换取100平方米房间一天的住宿权，也可以换取两间50平方米房间一天的住宿权。榕泰的愿景，就是将来C2C的业主走到哪个城市，就能轻松入住当地C2C酒店，不用再费力找酒店、花钱住宿。

两年前网站起步的时候，没有交易平台，没有自动响应功能，都是一点点一天天靠着榕泰自己的团队研发出来的。房产的概念明确，先进的物业管理跟进，业主买了房子，租金自己说了算，完全是"我的房子我做主"。如果自己用，只需要缴纳一定的水电物业管理和清洁费用。同时，房间出租和交换都在电子商务平台上实现，如果设置了"自动响应他人交换"，业主即使不在线，交易、交换也能顺利实现，这样的模式已经运营了两年。这样让不动产"动"起来，不论是自用还是出租，都比传统的产权式酒店和普通住宅更加灵活。

极具挑战性的事业发展

中国近年来房价年平均增长远超过8％，房产市场总体的火爆促成了一种错误认识：即普遍期待旅游酒店的投资回报率超过8％。而实情是，投资回报率有2％—3％已是不错的成绩。如果开发企业只考虑融资不考虑运营，只管把酒店房间卖出去，甚至违反国家规定承诺售后包租，发展到最后投资收益根本无法实现，最终造成投资客对产权式酒店投资得不到回报，信心全无，影响他们对整个行业发展的信心。

投资旅游地产比起投资居住地产，涉及旅游行业的规则和管理，开发商开发经验不足和酒店管理经验不足，容易失败。通过细致的市场分析，李少安认为，目前成功的案例主要集中在高品质酒店式社区项目上，这也是未来高品质社区发展的方向：高品质的社区管理、营造浓厚的生活气息。只有具备了这两点实力，才能在未来满足人们对高品质生活的要求，才能在竞争中获胜。当务之急就是了解人们的需求，开发酒店式社区和培养管理团队。

到目前为止，盲目冲进旅游地产的企业，基本以失败告终。但李少安的眼光并不只盯住现在的利益："开发商应该有战略眼光,未来的发展和市场竞争,旅游地产一定占有一席之地。"目前旅游地产业成功的范例杭州的悦榕庄,在杭州西溪湿地成片开发,尽管不在市中心,但是价格高出杭州市区五星级酒店近十倍。这种产品不在市中心,但是具有很强的竞争力,精髓在于开发品质做到精致,酒店式管理服务做到了细致。而具备了这两点的酒店式社区,即便在市中心也能获得成功。

李少安把现在的 C2C 酒店形象地比喻成丑小鸭:诞生在农场的一群鸭子当中,相貌丑陋,受到嘲笑,但是经历了一系列的曲折坎坷,经历了困难和磨练,最后蜕变成一只美丽的白天鹅。2008 年至今,是 C2C 事业的培育期,这一阶段必须重视培养综合的具有全面素质的人才,熟知房地产、IT 行业和旅游管理业。

随着酒店管理公司的发展,连锁的规模越大,附加值越大,规模效应形成的利益增长也更大。目前酒店的回报率可以做到住宅项目的 2—3 倍。随着出租对象放大,出租主体增多,租金的提升是必然的结果。和投资产权式酒店不同,C2C 酒店倾向于和住宅项目结合,嫁接进 C2C 的概念,房产的所有功能——使用功能、投资功能都让业主最大程度地运用。

致力于复合型人才的培养

面临回报率提升的巨大挑战,旅游地产市场目前发展突破的关键是酒店式社区的开发和有实力的酒店管理团队。而现实情况是,目前国内有实力的酒店管理团队凤毛麟角,而引进国外的酒店管理团队成本巨大,只有开发商有自己的成熟的酒店管理团队,才能在竞争中取得主导权,不被市场淘汰。目前大多数企业热衷于和酒店管理公司合作,这么做的好处显而易见:专业分工细,效果立竿见影。但是,支出成本非常大。按照行业管理,国内外酒店管理公司都要从酒店营业额中抽取一定比例,另外酒店还要支付高层管理人员甚至是大厨的薪资。因此,商务城市的酒店聘用酒店管理公司管理有利可图,中国一般的旅游城市的酒店如果在这种模式下操作,很难赚钱。

黄山假日广场的 C2C 酒店定位于酒店式社区,项目和住宅社区结合,同时提供酒店式服务,再加入电子平台支持。李少安领导的榕泰企业,已经锁定了竞争中取胜的关键——酒店式社区的打造和酒店管理团队的建设。房地产业是资金密集型,酒店业是劳动密集型,榕泰花了很大力气做资源整合和管理团队的整合。黄山假日广场目前 700 个房间的运营管理就是由这个团队负责,目前采取会员制方式。

信息产业部专家开研讨会时给 C2C 酒店的评价非常高;这是互联网运用于生活的一个成功案例。由此,李少安预测,2011 年 C2C 酒店发展将进入竞争期,很多开发商都会百花齐放、百家争鸣。这将促进对 C2C 房产事业的发展,三年后的发展甚至会扩展到国外。

发展的同时,也必定面临挑战。随着竞争者越来越多,单个公司的市场份额会变小,所以企业一定要增强竞争力。增强竞争力的关键就是对于人才的培养与积累。尽管发展历程十分曲折,但公司始终没有放弃对人才的渴求与培养。但是 C2C 酒店事业对人才的要求非常高,不仅仅要熟悉房地产业,包括房地产开发,策划,营销等领域;还要了解旅游酒店业,尤其是旅游业的发展以及酒店管理业;同时,还需要了解并熟悉电子商务,IT 行业。这样的人才是综合型的,而只有综合型高标准的人才,才能更好地推动 C2C 酒店的发展。

从行业高度看,自用、出租和置换并存的模式,能最大限度地提高房屋使用率,有利于房地产业集约化发展。李少安和榕泰会在这条创新的道路上不断开拓,不断前进,并引领 C2C 酒店不断发展。

(何丹丹)

让不动产「动」起来

图书在版编目(CIP)数据

金桥 / 上海市房地产经纪行业协会、房地产时报著.
—上海：文汇出版社,2011.4
ISBN 978 - 7 - 5496 - 0151 - 6

Ⅰ.①金… Ⅱ.①房… Ⅲ.①新闻报道-作品集-中国-当代 Ⅳ.①I253

中国版本图书馆 CIP 数据核字(2011)第 035114 号

金桥

著作权人 / 上海市房地产经纪行业协会
　　　　　房地产时报社

主　　编 / 方　晨　宋心昌
责任编辑 / 熊　勇
封面装帧 / 周夏萍

出版发行 / 文汇出版社
　　　　　上海市威海路 755 号
　　　　　(邮政编码 200041)
经　　销 / 全国新华书店
照　　排 / 南京展望文化发展有限公司
印刷装订 / 江苏启东市人民印刷有限公司
版　　次 / 2011 年 4 月第 1 版
印　　次 / 2011 年 4 月第 1 次印刷
开　　本 / 787×1092　1/18
字　　数 / 200 千
印　　张 / 11
印　　数 / 1 - 5000

ISBN 978 - 7 - 5496 - 0151 - 6
定　　价 / 28.00 元